Fan
ファン文庫

拝み屋つづら怪奇録

異聞拾集篇

著　猫屋ちゃき

JN131209

マイナビ出版

【目次】

Ogamiya tsudura
kaikiroku

【人物紹介】

Ogamiya tsudura kaikiroku

渡《わた》瀬《せ》紗《さ》雪《ゆき》

気が弱く、自己肯定感が低い女性。
周囲の人間が次々と
不幸な目に遭うようになり、
拝み屋を頼ることに。
解決後、恩人である津々良の
助けになりたいと思っている。

津《つ》々《づ》良《ら》尊《みこと》

拝み屋。
かつては優秀な祓い屋だった。
お寺などでは
対応が難しい案件を
引き受けている。
物腰の柔らかな和服イケメン。

夜《よ》船《ふね》

津々良の家で
飼われている黒猫。
おはぎに似ていることから
夜船と名付けられた。

第一章

山男とあやしもの

Ogamiya tsudura
kaikiroku

ひたひたひた、と何かがついてくる気配を感じて、紗雪《さゆき》は早足に歩いていた。振り返って確認したくないし、追いつかれたくない。というより、追いつかれてはならないとわかる。だが、走ればおそらく紗雪が気がついていることを相手に悟らせてしまう。それはきっとしてはいけないことだから、何食わぬ顔をして先を急ぐふりをして、ただ必死に歩いていた。

しかし、そうして先へ先へと歩きながら、紗雪はふと気がついてしまった。ここはどこだろう、と。

見知った近所を歩いていたはずなのに、いつの間にか竹林を歩いている。ほどよく舗装された、歩きやすい竹林だ。

そのことに気がついて、これは夢だとわかった。夢とわかったのはいいものの、足を止めるわけにはいかなかった。夢とはいえ、何かがついてきているのは確かなのだから。背後に迫るものに追いつかれるのが先か、夢から覚めるのが先か。

そんなことを思うと怖くなって、つい紗雪は小走りになってしまった。

すると、途端に世界が暗くなった。肌に感じる空気も湿っぽく、そして生ぬるくなる。ひたひたと、静かについてきていた足音も、紗雪の速度に合わせて駆けてくる音に変わった。

背後のものは、紗雪を逃がす気などないのだ。捕まえてどうする気かまではわからない。それでも捕まってはいけないことはわかるから、紗雪はとにかく走った。

だが、段々と足が思うように動かなくなってきた。まるでぬかるみにはまってしまったように。何かに絡め取られてしまったかのように。

速度が落ちるにつれて、距離が詰められていく。足音が迫ってきている。生ぬるい風とともに、背後のものの息遣いすら感じられそうな気がして、紗雪は悲鳴をこらえてもがくように手足を動かした。

捕まってはならない。逃げなくては。早く早く早く——目を閉じて祈るようにして走っていると、何かに肩を摑まれて揺さぶられた。

その感触で、紗雪の意識は現実に引き戻された。

「……せさん、渡瀬《わたせ》さん！」

「は、はい！」

低く落ち着いた声に呼びかけられているのが耳に届いて、紗雪は慌てて体を起こした。ぼやけた目に映ったのは、見慣れた和室だ。そして、呆れた顔でこちらを見ている和服の美丈夫。

「やっと起きたか。もう、いつもならとっくに起きている時間だ」

「すみません、寝坊しました……」

「庭にもいないし台所にもいないからもしやと思って来てみたら、ぐっすり寝ていたとはな。体調が悪いわけではないようで、安心したが」

眼鏡の奥の目を細めて心配そうな表情をするこの美丈夫は津々良尊《つづらみこと》といって、この家の主にして紗雪の恩人で、今は雇い主だ。

紗雪は半年前、愛犬の死を皮切りに身のまわりの人間に不幸なことが相次いだため、親の勧めでお祓《はら》いをしてもらおうと寺を頼った。そしてそこの住職に拝み屋である津々良を紹介され、彼の家に居候することとなったのだ。生きる姿勢を立て直さなければ、紗雪を救うことはできないから、と。

ブラック企業に勤めていたせいで仕事を辞めない限りは人間らしい生活を送ることもできなかったため、無職となった紗雪はここで簡単な手伝いをしながら過ごすことで自分を見つめなおし、自身を大切にすることを知った。厳しいながらも根気強く津々良が諭してくれたことで、紗雪はたくさんのことに気づくことができた。きちんと食事を摂ること、規則正しい生活をすること、困ったときは誰かの手を借りること――自身を粗末に扱うことや我慢も美徳ではないと、津々良は教えてくれたのだ。そして、紗雪はいつしか津々良のことを好きになっていた。

長い黒髪に眼鏡、着流しスタイルの和服という姿をしているが、芸能人もかくやというほどの美貌なため、様になっている。

その美しい人に呆れられ心配されて紗雪はついぽーっとなってしまいそうだったが、置かれた状況を思い出して正気に返った。

「すみません、朝食！　今から作ります！」

「もうできた。だから呼びに来たんだ」

「……す、すみません」

自身の問題が解決したあと、紗雪は津々良の助手として雇ってもらっている。住むところと食事、それから給料をいただいておきながら寝坊だなんて……と落ち込んだ。だが、これ以上待たせるわけにはいかないから、津々良が部屋を出たのを確認して急いで着替えて、顔を洗ってから居間に向かった。

本当なら二時間も前に起きて、きちんと顔を洗ってから軽くメイクをして、ついでにラジオ体操までしているはずなのに。身についたと思った習慣は、こんなふうにあっけなく崩れてしまうらしい。

「あ、おいしそう」

居間の食卓は、すでに配膳が済まされていた。白米と味噌汁に焼き魚をつけるのが津々良家の定番の朝食だが、今日は焼き魚ではなくアルミホイルに包まれたものが皿の上に乗っていた。

「鮭のホイル焼きだ。味噌汁が昨夜の豚汁の残りで作る手間が省けたから、魚に少し手間をかけてみたんだ。シメジもあったしな。といっても、アルミホイルで包んで塩コショウして蒸しただけだ」

「でも、朝食にひと手間かけたものが食べられるなんて嬉しいです。ああ！　夜船《よふね》さんは食べたらだめですよ」

喜んで食卓に着いた紗雪の膝の上に、黒猫の夜船が乗ってきた。夜船は紗雪が鮭のホイル焼きに感激したのを見て、ご相伴に与《あずか》ろうとやってきたらしい。

「お前はもうさっき食べただろう」

「塩コショウしてあるから、あげられないんだよ。ごめんね。長生きしてほしいから、人間のご飯はあげられないの」

津々良に注意されても紗雪に謝られても、夜船はがんとして膝から降りる気配はなかった。仕方なく、紗雪はそのまま食べることにした。

「いただきます」

箸を手に、まず取りかかるのはやはり鮭のホイル焼きだ。ホイルを開くと、湯気とともに魚のいい匂いがした。上に被さるように乗っているくったりとしたシメジをかき分け箸を入れると、鮭の身はあっさりほぐれた。

「……おいしい」

鮭とシメジから出た出汁《だし》が口の中に広がり、紗雪は思わず呟いた。そして、これをさらにおいしくできると気がついて、すぐに台所に立った。

「レモンがあったので……これをかけたら、さらにおいしいんですよね」

先日、通いの家政婦の佐田《さた》が買ってきてくれていた食材の中にレモンがあったのを思い出し、紗雪はそれをくし形にカットして持ってきた。

鮭の上でカットしたレモンを思いきり搾ると、一気に爽やかな香りが広がる。

「あー、おいしい！　私、鮭のムニエルにもフライにもレモンをかけるのが好きなんです」

紗雪はひと口食べて笑顔になった。もとからおいしかったものが、レモンの爽やかな酸味が加わったことでさらに食べやすくなった。鮭とシメジから出た出汁も、レモンによってさらに際立った気がする。

鮭と白米を夢中で口に運ぶ紗雪を、津々良が表情を少し柔らかくして見ていた。日頃は無表情かやや難しい顔をしている彼にそんな優しい表情をされて、紗雪は戸惑った。

「な、何でしょう？」

「いや。食に関心が出てきてよかったなと思ってな。ここに来たばかりの頃、食べ物なんて腹に入ればいいみたいな感じだったからな」

「そ、それは……」

半年前のことを言われ、紗雪は恥ずかしくなった。あの頃は疲れ果ててボロボロで、きちんと生きるということがわかっていなかったのだ。だから、この家に来た最初の朝なんて、自分で買ってきた菓子パンを部屋でコソコソ食べて朝食を済ませたくらいだ。

だが、津々良に人間は衣食足りて礼節を知ると教えられてからは、食をはじめとした自分の生活を見直している。

「寝坊するほど昨夜は遅くまで起きていたようだが、一体何をそんなに根を詰めていたんだ？」

食後のお茶を淹《い》れながら、津々良は尋ねた。そこに咎《とが》める意図はないのだろうが、寝坊のことを言われてしまうと申し訳なくなって、紗雪は少し悩んでから口を開いた。

「実は最近、ネットでいろいろと怖い話というか、都市伝説みたいなものを読み漁ってまして……昨夜はかなり長い話を読んで、それが面白かったから読み終えるまで寝られなかったんです」

「まるで学生の夜更かしの言い訳みたいだ。どうして突然そんなものを?」

「津々良さんの助手として少しでも怪異について知識をつけようと思いまして……」

紗雪は、幽霊やあやかし、怪異などと呼ばれるこの世のものならざる存在が多少見える。ただ、〝見える〟というだけで、恐怖は感じるものの、これまでそのことについて深く考えて生きてはこなかった。そのため、助手とは名ばかりで拝み屋の仕事をきちんと手伝えるわけではない。だからせめて少しでも知識をつけられればと都市伝説に興味を持ったわけだが、今のところはあまり収穫があるとはいえない気がしている。

「怖い話か……私が過去に対峙《たいじ》した案件について話せば、参考になるだろうか」

「過去に対峙した案件って……祓い屋さんだった頃の話ですか?」

津々良が静かに頷いたことで、紗雪は俄然眠気が飛んだ。

津々良は今では、依頼されて引っ越しの際の祓い清めをしたり家内安全や病気治癒を祈願する御札《おふだ》を書いたりすることを生業《なりわい》とする拝み屋を営んでいるが、かつては怪異と戦って滅する祓い屋をしていたそうだ。

怪異を見たり滅したりする力が減衰したため拝み屋に転向したと聞かされていたから、これまで何となく過去の仕事について尋ねることができずにいた。

でも、聞けるのならば聞きたいと、紗雪は前のめりになる。

「これは今から八年前くらいの話だ。ある高校に通う女子生徒数名の親から依頼があって、お祓いをすることになったのだ。といっても、普通のお祓いであれば祓い屋よりも寺が適任だ。だから、私のところに話が来たのは、寺の管轄から外れるような案件だったということだな」

津々良は静かに、過去の話を始めた。

「はじめは、寺に依頼があったのだ。『こっくりさんが帰ってくれないので、助けてください』と。渡瀬さんは、こっくりさんはどんなものかわかるか？」

「鳥居の絵と『はい』と『いいえ』と五十音を書いた紙の上に十円玉を置いて、四人でその十円玉に指を乗せて、こっくりさんに呼びかけて答えてもらうっていう儀式ですよね？」

「そうだ。一種の降霊術だな。それで呼びかけて何が来るかは知っているか？」

「狐の神様、でしたっけ？　でも、普通の人間に神様は呼び出せないから、そのへんにうろついている低級霊が来てしまうって」

こっくりさんといえば学校関連の怖い話の定番だなと、紗雪は学生時代のことを思い出した。紗雪自身はやったことがないが、周りの子たちが面白半分で休み時間や放課後にやったという話を耳にしていた。幽霊や怪異を幼いときから目にして怖い思いをしてきた紗雪にとって、そんなふうにして自ら恐ろしいものを招く行為は、全くもって理解できなかった。

「そう。だから、危険なんだ。依頼してきた少女たちも、こっくりさんではないものを招いてしまったのだ。それに気がついて、慌てて寺へ駆け込んだということだったらしい」

＊　＊　＊

——ある日の放課後、暇を持て余したその女子生徒四人は、こっくりさんをしようと思い立った。何か聞きたいことがあったからか、あるいはただ刺激がほしかったからか。ほんの思いつきが惨事を引き起こしてしまってからは、何がきっかけなのかは思い出せないが、誰も反対することなく思いつきは実行に移されたらしい。

こっくりさんは危険な降霊術であるにもかかわらず、筆記用具と硬貨さえあれば行えるというのが質《たち》が悪い。女子生徒たちはルーズリーフに必要な文字を書き込み、さっそくこっくりさんを呼び出してみることにした。

「こっくりさん、こっくりさん。おいでになられましたら『はい』へお進みください」

女子生徒たちはそう呼びかけた。普通なら、ここで誰かがふざけて『はい』のところへ十円玉を動かすものなのだ。手軽な降霊術とはいえ、百発百中で成功するわけではないからな。だが、彼女たちのこっくりさんは成功してしまった。

あきらかに自分たちの意思や力ではないものに十円玉が動かされるのを感じながら、鳥居の絵から『はい』に向かっていくのをただ見守るしかなかったそうだ。

その時点で、寺へ駆け込んだ三人の女子生徒たちは恐れをなしていたらしいが、こっくりさんをやろうと提案した少女はこの事態を恐れるよりも喜んだという。次々に質問を重ね、十円玉が指し示す文字を読んでは興奮していったそうだ。それにつられて三人も怖さ半分面白さ半分で付き合うことになった。

だが、面白がっていられたのも最初だけだ。

その遊びに飽きて、女子生徒たちはこっくりさんにお帰りいただくことにした。呼びかけたときの反対で、今度は自ら鳥居まで戻ってもらうんだ。しかし、「お帰りくださ い」の呼びかけにこっくりさんは『いいえ』と指し示し続けた。

『いいえ』から動かない十円玉に恐ろしくなって、女子生徒のひとりが十円玉から指を離してしまった。それはこっくりさんを行う際のルールで禁止されていることだ。仲間がルールを破ったことに恐怖し、ひとり、またひとりと十円玉から指を離し、最終的には全員が悲鳴を上げながら教室から逃げ出した。

学校から出れば、助かると思ったのだろう。女子生徒たちは挨拶もそこそこに、大慌てで家まで逃げ帰った。

だが、その帰り道に女子生徒のひとりが階段から転落して亡くなったそうだ。ひとりだけこっくりさんを恐れず、まさにこっくりさんをしようと提案した少女がな――。

「し、死んじゃったんですか……」

津々良の語りに呑《の》まれていた紗雪だったが、衝撃の展開に思わず尋ねてしまった。話としては、よくあるものだ。だが、それを身近な人間から聞くのは怖さの質が違う。

「残念ながらな。そして、その日からおかしなことばかり残った三人の身の回りで起きる、次に死ぬのは自分たちだと言って、女子生徒たちは親に泣きついて寺までやってきたというわけだ。それが本当によく言う低級霊を呼び出したということなら、寺でも処理できただろう。だが、相手が厄介なものだったため、私のような祓い屋が出向くことになったというわけだ」

「厄介って……悪霊ってことですか？」

「俗っぽい言い方をすればな」

「それで、お寺から依頼を引き継いだ津々良さんが悪霊をズバーンッて倒したんですか？」

紗雪は祓い屋はゴーストバスターのようなものだと理解しているため、津々良がかつて悪霊と派手に激しく戦った姿を想像していた。だが、それを聞いた津々良は苦笑いする。

「派手なのはフィクションの中だけだ。実際の仕事というのは、地味で地道なものだ。霊が何者なのか見当をつけ、しかるべき処理をする。それだけだ」

「どうやって見当をつけたんですか？」

「そのときは、もうひとりの祓い屋と一緒に女子生徒たちの学校まで出向いて、実際にこっくりさんをして確かめた。呼び出されたこっくりさんはまだ現場である学校にいると思ってな。本来四人でやる儀式をふたりという安定しない人数で行い、わざと危険を冒して相手の領域に入り込もうとしたわけだが、呼び出した瞬間もうひとりの祓い屋は吹き飛ばされ窓を突き破って二階から転落し、私は違う位相《いそう》に落とされた」

「え？」

津々良はさらりと言ってのけるが、語られた状況を頭の中で思い浮かべると派手で激しかった。とても〝地味で地道〟と表現できることではない。

「そ、それで、どうなったんですか？　違う位相って？」

「言うならば、そのこっくりさんとして呼び出された霊の精神世界というか、腹の中だな」

「大変じゃないですか！」

「だが、おかげで相手のことを知ることができた。相手も、自分の事情をこちらに理解してもらうために自分のテリトリーに引き込んだんだろうからな。霊は、その依頼があった十五年前にいじめを苦に自死したひとりの女子生徒だった。引き込まれたテリトリーで私は、彼女が味わったつらい出来事を追体験させられたよ」

「追体験……」

紗雪は自分の高校時代に味わったいじめのことを思い出し、胸が苦しくなった。幸い紗雪には話を聞いてくれる祖母がいたし、いじめ自体もそこまで苛烈《かれつ》ではなかった。だが、何かが少しでも悪いほうに振れていれば、自分もどうなっていたかわからないから、その女子生徒の霊に同情してしまった。

「いじめを苦にして自死してから、ずっと恨みの念とともに学校に留まり続けていたらしい。どれだけ時間が経ったかもわからず、自分が何だったかも見失いかけ、恨みの念そのものになりかけていたところに『こっくりさん』との呼びかけがあった。それに応えることで何者でもなかった存在から『こっくりさん』になり、自分を死へ追いやった者と同じ波長を持った女子生徒たちを怖がらせたというわけだ」

「もしかして、亡くなった子はいじめっ子気質だったとか？」

「依頼者たちから話を聞く限りはな」

「それで、そのあとどうしたんですか？」

人間をひとり死なせているのだから、悪い霊であることは間違いないだろう。だが、つらい思いをした彼女のことが紗雪は気の毒でならなかった。

「行くべきところへ迷わず行けるよう、経を唱えてやった。この世に自分を縛りつける恨みを捨て、正しき道に進みなさいと諭してやることしかできないからな。だが道がわかれば大抵の者がそちらに進む。目が曇っていて道がわからなくなっているだけだから」

「諭してやるというのは、今の拝み屋さんの仕事にも通じることですね」

「大きく違うのは、暴れて抵抗する魂を力ずくで押さえつけて経を聞かさせねばならないのが祓い屋の仕事という点だな」

「それは……過酷ですね」

力を使いすぎて寿命を縮めたという津々良の話を思い出して、紗雪はその仕事の大変さを思った。

「そういえば、窓から落とされたもうひとりの祓い屋の方は無事だったんですか？」

「骨の一本も折ることなく無事だ。とても強い人だから、簡単には怪我などしない。霊がその人を初めに狙ったのも、私より高位の術者であることを感じ取ったからだろうしな」

「それって、霊が津々良さんを弱いと判断したってことですか？」

紗雪にとって、津々良はすごい人物で、それはかつてより能力が減衰したという今の姿を見てのことだ。だから、今よりすごかったはずの祓い屋であるときに霊に侮られたという話は信じがたかった。

「弱いというより、つけ入りやすいと思われたのだろうな。だからこそ、自身のつらい思いを理解させようとした。思惑どおり同情すれば、私は彼女に体を乗っ取られていただろう。理解はしても、心を寄せすぎてはいけないということだ」

「……気をつけます」

まさに話を聞いて女子生徒の霊に同情していた紗雪は、自分の弱さを指摘されたと感じて背筋を伸ばした。

「怖いですね……怖い話を読んでも、感情移入しないように気をつけます。それとも、あまりそういうものには触れないほうがいいのでしょうか」

「何であれ、知ることは悪いことではないはずだから、ほどほどに続けたらいい」

「はい」

津々良が部屋を出ていき、膝の上の夜船もそれに続いたのを合図に、紗雪も台所に立った。食器の片付けと、食材を確認して昼食に何を作るか考えておくためだ。

ここへ来たばかりの頃は真冬で、せめて食器の片付けくらいはさせてもらわなければと台所に立つと寒くて仕方がなかったが、今は水に触るのが気持ちがいい時季になった。

この生活に慣れてきたのもあるだろうなと、紗雪は時の流れを感じていた。もう、夏本番だ。

「夏といえば怪談、肝試し……津々良さんの仕事も増えるのかな」

人々が怖い話や体験を求めるようになるということは、それだけ怪異がらみの困り事が出てくるということだ。実際に、廃墟に肝試しに行ってからおかしなことが続くからどうにかしてほしいと、親に連れられてここへやってきた少年たちもいる。

いざ実際に怖い体験をしたとなるとそうやって専門家を頼ることになるのに、どうしてそんなことをするのだろうと考えて、紗雪ははたと気がついた。

「私も同じか。だから、怖い夢を見たのかも」

気がつくと、夢の内容を思い出してぞわぞわした。朝起きてすぐに津々良に話せばよかったのだが、そのときは寝坊したことで頭がいっぱいで、それどころではなかったのだ。

おかげで今の今まで夢の恐怖を忘れることができていたわけだが、こうしてひとりになって思い出すと怖い。寝る直前まで都市伝説を読んでいたことと怖い夢を見たことは、無関係ではない気がする。

ひたひたと後ろから近づいてくる気配、見知らぬ場所、生ぬるい空気。夢の中の出来事のはずなのにはっきりと思い出してしまい、紗雪は動悸がしてくるのを感じていた。

このままでは、起きているのに知覚が乗っ取られる――そんなふうに恐怖心を覚えたとき、トントンと肩を叩かれた。

「……津々良さん」

振り返るとそこには津々良がいて、人差し指と中指と親指で剣のような形を作って、宙を切るみたいな仕草をした。その直後、一瞬だけ何か糸のようなものがきらりと光るのが見えた。ちぎれた蜘蛛《くも》の糸のようなものは、すぐに霧散して見えなくなった。

「何やら、悪いものが縁づこうとしていたようだな。繋がりは切っておいたから、安心しなさい」

「あ、ありがとうございます。私、何かに憑《つ》かれそうになっていたんですか？　今朝、怖い夢を見たんですけど」

これは話しておかなければならないことだったと思い出し、紗雪は夢の内容を津々良に伝えた。津々良が起こしてくれる直前まで何かに追いかけられ、追いつかれそうになっていたということも。

津々良が来てくれたことで安心しているものの、ただの夢ではなかったとわかって紗雪は怖くなっていた。だが、津々良は特に表情を動かすことはない。

「どこまでの害意があったかはわからないが、渡瀬さんに興味を持って近づいてきたものがいたようだ。人は寝ているとき無防備だし、夢は思わぬところに繋がることもある。何かを招き入れてしまうこともな」

「そんな……寝てるときまで気を張ってなくちゃいけないんですか」

「理想はな。だが、そうも言っていられないから、悪夢を退けるための魔除けなんてものがこの世にはあるのだろう」

「ドリームキャッチャー、でしたっけ？　そういえば、以前どこかの雑貨屋さんで見たことがある気がします。あれがあれば、もう夢に入られる心配はなくなりますか？」

ドリームキャッチャーとは、木の枝を曲げて輪を作ったものに糸を張って蜘蛛の巣に見立てたもので、魔除けや装飾品として店で売られているのを見たことがあった。不安になって尋ねると、津々良はふっと表情を緩めて笑った。

「魔除けを吊るしただけで安心するより、気を引き締められるようになったほうがいいだろうな。緊張して眠れというのではない。眠っているときも自己を保ち、簡単に取り込まれないようにすることが大事ということだ。今回もおそらく、夢の中で気が緩んで、自己の境界が曖昧《あいまい》になったのが原因だろう」

津々良の言っていることがすぐにはわからなくて、紗雪はこっそり首を傾げた。津々良はいつも、簡単には答えをくれない。今みたいな迂遠《うえん》に聞こえる言い回しをして、紗雪自らが答えにたどり着くように導こうとする。

だから、すぐには意味がわからなくても、きちんと噛み締めると答えのシルエットくらいは見えてくるのだ。

「……夢は、私の脳内で再生しているものだから、私の好きなようにできたはずってことですか？」

しばらく考えてから口にすると、津々良は頷いた。

「まあ、そういうことだ。知らない道を歩いているなと強く知覚し恐怖したから、さらに迷った。何かついてきていると思って逃げ出したから、相手も追ってきた。これを逆手に取って、見知った景色の中に戻ることも追いかけてきたものを返り討ちにすることもできたはずなんだ。自分が見ている夢なのだから」

「そっか。こういう、夢だってわかってる夢って、明晰夢っていうんでしたっけ？　今度明晰夢を見たら、どれだけ思うように動けるかやってみます！」

「そういうことを教えるのにうってつけの人間が、午後から来ることになっている。それを伝えようと思ってここへ来たのだった」

津々良が思い出したように言うと、台所に小走りでやってきた夜船が嬉しそうに「なーん」と鳴いた。あまり鳴く子ではないから、どうやら相当嬉しいらしい。

「夜船、ミチオが来るのがわかるのか。さっきの電話を聞いていたのか」

津々良が尋ねると、夜船はまた「なーん」と鳴いた。尻尾の動きもいつもより活発で、期待に満ちているのがわかる。

「そのミチオってお客さんは、夜船さんと仲良しなんですか？」

「夜船だけでなく、動物に好かれる奴なんだ。弟弟子みたいなもので、留守番として毎年呼び寄せているんだ。夏の盛りに忙しくなる前に、いつもこの時期に長めの休暇を取って旅行に行くからな。私はそれで家と夜船の世話をそいつに任せているんだ」

「弟弟子？　休暇？　え？　どういうことですか？」

「渡瀬さんにも時期を見て話そうと思っていたんだが。よければどこかへ一緒に」

「行きます！」

津々良が言い終わるより先に、紗雪は返事をしていた。休暇を突然ぽんともらっても行きたい場所など特にないし、実家にも帰りたくない。それに、津々良から旅行に誘われて断る理由なんてない。

付き合っているわけではないし、はっきりと想いを伝えたわけではないが、紗雪は津々良に好意を持っているし、彼も紗雪の気持ちに気づいている。好意を向けられるのは不快ではないし、嬉しいと思うと言われている。その上での旅行のお誘いなのだから、断るなんてありえないだろう。

もっとも、津々良のほうにそういった深い意図はなく、単に雇用主から社員旅行のお知らせくらいの意味しかない可能性もあるが。

「こういう仕事柄、いきなり今日から休みますというわけにもいかないから、留守番に仕事を引き継ぎつつ休みに入る感じだな」

「引き継ぎ……私がしておくべきことはありますか？」

引き継ぎと聞いて事務的な仕事を思い浮かべた紗雪は、俄然やる気になった。祓い清めなどの拝み屋としての業務では一切役に立てないが、事務処理でなら力を振るうことができるかもしれないから、気合いが入るというものだ。

「それは追々説明していく。それよりも、よく食べる奴だから食材が足りなくなるかもしれない。せめて今日の食事分だけでも足りるように、買い出しに行ってくれるだろうか？」

「わかりました！　行ってきます！」

役目を与えられたことが嬉しくて、紗雪は張り切った。買い出しだけでなく、弟弟子のもてなしも紗雪の役目ということになる。

「佐田さんが来る日にあいつも到着すればよかったんだが……そんなに豪勢なものを作る必要はないからな」

「はい。大丈夫ですよ。簡単なものなら、私も作れるようになってきているので」


やや不安そうな津々良に見送られ、紗雪は家を出た。

彼が不安そうにするのも、無理もないことだ。紗雪はここへ来た当初、料理は何も作ることができなかったのだから。

もともと親とはあまり折り合いがよくなく、高校卒業と同時に親元を離れるまで料理を教わる機会などなかった。そこから短大を出て社会人生活を送っていたわけだが、その間にも料理が上達するきっかけはなかった。

津々良のもとに来るまで、紗雪はあまり食に関心がなかったのだ。特に社会人になってからはブラック企業でセクハラやパワハラを受けていて毎日生きているのがやっとで、食べ物は死なないために口にするという感覚だった。

だが、津々良家に居候させてもらうのに何もできないのは嫌だと思い、通いの家政婦である佐田にいろいろ教わるようになった。だから今は、少しずつ作れるもののレパートリーも増えている。

玄関を出て前庭の飛び石を越え、立派な門扉を出たところで、紗雪は心持ち姿勢を正した。

津々良家の敷地内は簡単な結界が施されているため滅多に何かを見ることはないが、敷地を一歩でも出れば話は別だ。

紗雪は幼いときから人ならざるものをよく目にし、その力は少しずつ強くなってきている。かわいがってくれた祖母が亡くなってから数年間はそういったものは見えなくなっていたのだが、祖母の強い想いこそが紗雪に悪影響を及ぼしていたとわかって、津々良によってその想いは祓われた。

祓われて以降、紗雪の目は再び人ではないものを見るようになり、津々良のそばにいる影響からか、その力は増しているように思える。〝見える〟ことを正面から受け止めて意識するようになったため、見え方が変わったというべきか。

見ない、見ない――津々良家を出てスーパーに向かって歩きだすと、道の端にうずくまる女性の姿が見えたが、紗雪は心の中で呟いた。七月だというのに冬物のコートを着てうずくまっているなんて、普通ではない。

以前だったら、それが生きた人間かそうではないか瞬時に判別できず、つい注視してしまっていた。もしくは、うずくまっているのは気分が悪いからではないかと考えて、声をかけてしまったかもしれない。だが今は、何となく空気でわかるようになった。だから、努めて意識をそちらに向けず通り過ぎる。

紗雪は見えるだけで、津々良のように何かできるわけではない。手に負えないものに無責任に近寄らない分別は必要だとわかっているから、気づかないふりしかできないのだ。それに、見えるのなんて日常茶飯事で、それにひとつひとつ関わっていたら身がもたないだろうということも、拝み屋の仕事を間近で見て感じていた。

「よく食べる人ってことは、おかわりができるメニューのほうがいいよね」

スーパーに到着してカゴを持ち、紗雪はどうしようかと考えた。日頃、昼食は簡単に作れるパスタなどにすることが多いのだが、あれはふたり分だからさっと作れるだけで、量が増えると麺を湯がくだけでも大変になる。それなら、あらかじめおかわりしてもらうことを念頭に、一度で大量に作れるメニューにすべきだろう。

そうはいっても、紗雪に作れるものは限られている。こういうときに思い浮かぶメニューは、カレーくらいしかない。

カレーにすると決めたはいいが、今度は具材のチョイスも重要になってくる。

スタンダードな定番のカレーにするなら、ニンジン、タマネギ、ジャガイモ、それから肉を入れればいい。しかし、和風出汁を利かせるなら大根を入れてもおいしいし、ジャガイモの代わりに里芋を入れるのもいい。甘みを出したければカブを入れてもなかなかおいしい。

肉類も鶏肉にするか豚肉にするか牛肉にするかで、味わいがずいぶん違ってくる。変わり種でサバを使っても、クセがなく食べやすいものに仕上がる。

そしてルウも甘口にするか辛口にするかが、それなりに難しい問題なのだ。紗雪はそこそこ辛いものが好きなのだが、津々良はクールな見た目に反して甘党だ。だからといってあからさまにお子様好みの甘口カレーを作ると物足りないようで、複数のルウを組み合わせて程よい辛みに毎度調整しているのだ。

動物に好かれる、よく食べる人――もてなしの相手である津々良の弟弟子のことを、紗雪は考えてみた。何となくだが、元気のいいかわいらしい人物が思い浮かぶ。〝弟〟という言葉の響きのせいなのだろうが、大人の男性である津々良とは対照的に、まだ若くて小動物のような人物なのではないかという気がしてくる。

そう勝手に想像した人物像から、紗雪はお昼のカレーはバターチキンカレーを作ることにした。作るものが決まれば、あとは必要な材料を買って帰るだけだ。売り場を回りながら夕飯のメニューも考えて、両手いっぱいに買い物袋を提げて帰路についた。

「ただいま、夜船さん。台所で待ってるなんて、もしかしてご馳走をもらいに来たの？でも残念。お昼はカレーなんだよ。夜船さんが臭いって思ってるやつだよ」

帰り着くと、上機嫌な夜船に迎えられた。よほど来客が嬉しいらしく、子供のようにそわそわしている。そして、紗雪が提げている袋の中身が気になるようだ。

「もしかして、お刺身が気になってるの？」

紗雪が尋ねると、夜船は「そうだ」というようにひと鳴きした。その上、とびきりのかわいい顔で見上げてくる。

ここで居候を始めたばかりの頃は、紗雪のおどおどしたところや陰気なところが気に入らなかったらしく、夜船にはあまり好かれてなかった。だから、こうして仲良くなって甘えられるとついうんと甘く接してしまいそうになる。だが、食べ物についてはきちんと節度を持たないと病気にしてしまうから難しいところだ。

「お刺身はお夕飯用だよ。今食べたら、夜にみんなが食べてるときに夜船さんは普通のカリカリしか食べられないけど、いい？」

紗雪が自分を甘やかさないとわかると、夜船は何も言わずまた台所から出ていってしまった。そわそわして落ち着かず、暇を潰すために単に紗雪の邪魔をしに来ただけなのかもしれない。

ひとりになった紗雪は、買ってきたものを冷蔵庫に片付けてから調理に取りかかった。

鍋にオリーブオイルをひいてひと口大に切った鶏もも肉を焼く。火が通ったらみじん切りにしたタマネギ、すりおろしニンニク、トマトの缶詰を入れていく。それを煮立たせ、コンソメや鶏ガラなどの顆粒出汁を加え、カレー粉とバターも入れてしばらく煮込む。

せっかくなら米は白米ではなくターメリックライスなんてものを炊いてみようかと考えたところで、インターホンが鳴らされた。おそらく津々良が言っていた弟弟子だろうと思い、紗雪は小走りで台所を出てインターホンの受話器を取った。

「はい」

『ただいま到着しました！』

「え、あ……弟弟子の方ですか？　今、開けますね」

受話器の向こうから聞こえてきたのは、腹から発せられたであろう、よく通る大きな声だった。受話器越しではなく外から直接聞こえてくる。つまり、インターホンのマイクが不要なくらい大きな声ということだ。

あまりの大きな声に驚いてやや怯えながら、紗雪は玄関に向かった。その段階で、動物に好かれるかわいい感じの小動物系の弟弟子という人物像は崩れつつある。

「……いらっしゃいま、せ……」

体も態度も大きな怖い人だったらどうしようと、憂鬱な気持ちで玄関の引き戸を開けた紗雪は、途中でその手を止めてしまった。

「え、クマ……？」

紗雪の目線の高さには相手の胸より下しか見えず、視線を上げていくと頭が玄関扉の鴨居で若干見切れていた。身長が百八十センチある津々良が頭をぶつけない高さの鴨居で見切れるということは、かなり長身ということになる。

戸が開いたのがわかるとその人物は身を屈めて小さくなって、ようやくという感じで玄関の中に入ってきた。その大きさは、まるでクマのようだ。しかも、天狗《てんぐ》のような服装をしている。

「驚かせてしまったか、すまない。俺はクマではなく、竹本道生《たけもとみちお》という。ちなみに天狗でもないから安心してくれ」

それは道生と名乗った彼の渾身《こんしん》のジョークだったらしく、言ったあと「ガハハハ」と豪快に笑って、チラッと紗雪を見た。ここは笑うところだったと察して、紗雪もぎこちなく笑った。

「あの、私は……」

「ミチオ、着いたか」

道生が名乗った流れで自分も名乗ろうとしたとき、津々良が玄関に出てきた。その瞬間、道生の顔がパッと明るくなる。

「師匠、お久しぶりですっ!!」

「師匠じゃあない。お前の師匠は別にいるだろう」

「でも、自分にとっては尊さんこそ心の師匠なので！」

さっきまではクマのようだと思った道生の印象が、津々良を前にした姿を見たら大型犬のような印象に変わった。ものすごく大きな犬が、大好きな飼い主を前に大喜びで尻尾を振っているみたいだ。

だが、クマから大型犬に印象が変わったところで、紗雪の怖いという感情は拭われない。紗雪は大きな犬が苦手だし、クマも大きな犬も、怖い存在に変わりはないから。犬は以前飼っていたことがあるが、平気なのは中型犬までだ。

気配でわかったのか彼の大きな声が聞こえたからか、奥の部屋から夜船が走ってきた。そしてその勢いのまま、道生の肩に駆け上る。どうやら夜船はこの大きな人間がちっとも怖くなくて、むしろ好きらしい。動物に好かれるという前情報に、偽りはなかったようだ。

「渡瀬さん、彼が今朝言っていた弟弟子……のような存在の竹本道生だ。私はミチオと呼んでいるが、山ではドウショウと呼ばれているらしい」

先ほど本人から聞いたのよりも丁寧な紹介を津々良がした。

「山？」

「彼はもう十年以上、山で修行をしているんだ。その関係で、まあ私とは兄弟弟子のような繋がりなんだ」

「そうなんですね。……山伏《やまぶし》さん、なんですか？」

津々良の説明を聞いて少し腑に落ちた紗雪は、改めて道生を見た。天狗のようだと思った服装も、山伏ならば納得がいく。

「世間一般の人からは、そう呼ばれるのでしょうな。でも俺自身は自分を山伏とは思っておらず、もっと不確かな、道半ばな存在と思っております」

「山伏になるには、そのための修行やら手続きのようなものがあるのだが、ミチオはそれに則《のっと》っていないから、山伏ではないと言っているんだ。だが、本来の〝山に伏し修行する者〟という意味では立派に山伏なのだがな」

道生の説明は難しいし、津々良の言い方もわかりやすいものではなかった。それでも紗雪は、自分なりの捉え方をしようとする。

「……宗派に囚われず、山と共に生きている方という受け止め方で合っていますか？」

「概ね間違いない。尊さん、この柔軟な頭の持ち主はどなたでしょうか？」

「こちらは渡瀬紗雪さん。わけあってうちに来て、流れで働いてもらっている。見える人だ」

「なるほど」

津々良に紹介され、紗雪は慌てて頭を下げた。自己紹介しそこねてしまっていたが、ようやく名前を知らせることができた。

弟弟子からすれば、久しぶりに山から降りて会いに来たら知らない人間がいるとなると、怪しむものだろう。だが道生はまっすぐに紗雪を見つめて、ニカッと笑った。どうやら、悪い人間ではないらしい。

「これから、よろしく頼みます！」

「は、はい」

道生は精いっぱい愛想よくしてくれているのだろう。だがそれでも、紗雪はこの体と声が大きな人物に、すぐに馴染めそうにはなかった。

昼食の準備が途中だったため、紗雪はいそいそと台所へ戻った。あとは米を炊けば出来上がりだが、客人が到着してしまったのだから急がなくてはならない。

津々良の弟弟子の姿が想像と違っていたため、洒落たものより量を作ったほうがいいだろうと考えを改め、ターメリックライスではなく普通の白米をたくさん炊いた。

「お口に合うか、わかりませんが……」

「うまそうだ！」

出来上がったものを皿に盛りつけて配膳すると、待ちきれずに居間にやってきていた道生が目を輝かせた。日頃は津々良とふたりきりの食事のため、こんなふうな反応は新鮮だ。

声の大きさにおののきつつも、紗雪はほんの少し嬉しくなる。

「それじゃあ、いただくとするか」

津々良も居間にやってきて全員がそろったところで、食事を始めることになった。

「おお……うまい！　うまいな！」

道生はその図体や声の大きさに似合わず、とても行儀よく食事をした。だが、ひと口が大きいのか食べるのはものすごく速く、あっという間に最初のひと皿を完食したため、紗雪はいそいそとおかわりをよそった。

「ミチオ、下山してすぐにそんなに食べたら体に悪いんじゃないか」

勢いよく食べる道生に、津々良がやや呆れながら言った。だが、道生はニコニコするばかりで、どうやら津々良の言葉を聞き入れる気はないらしい。

「そういえば、竹本さんは津々良さんの弟弟子とのことですが、津々良さんも山で修行をしていたんですか？」

津々良と道生の関係性が気になって、紗雪は尋ねた。津々良が山で修行をしていたというイメージが湧かないし、同じ人に師事していたというのも、何となく驚きだ。

「私に子供のときからいろいろ教えてくれた人が、あるときから山に入ったんだ。その関係で私も山で修行をさせてもらったことはあるが、ミチオのように生粋の山仕込みというわけではない。だから、同じ人に師事してはいるが兄弟弟子というのは微妙ということだ」

「尊さんは師匠から御札の書き方や祓いの基本となる儀式の仕方なんかを教わっている

んだが、俺は師匠に山で扱《しご》かれているだけだ。それを見かねて尊さんがいろんなことを教えてくれたから、俺にとっては尊さんも師匠というわけだ」

「そういうことだったんですね」

ふたりの説明で関係性は理解できたが、紗雪の胸にはモヤッっとした感情が残った。それはおそらく、道生が津々良からいろんなことを教わったと聞いたからだ。

紗雪は一応は助手という立場だが、何も教わってはいない。唯一教わったのはこの厄介な目の使い方だけだ。この世ならざるものを見るときは、視界でものをとらえる外の目ではなく、外の目を閉じてものを見ることができる内の目を意識して使うようにすればいいと教わって、不可思議なものを見るこの目との付き合い方も少しずつわかってきた。時々、津々良の役に立てることもある。だが、それだけだ。

だから津々良と同じ人に師事して、彼から何か教わっているという道生に対して、紗雪はつい面白くないと思ってしまう。

だが、屈託なくよく笑い、気持ちがいいほどよく食べる道生の姿に、少し心を動かされてはいた。

「いやー、本当にうまかった。食べ慣れたカレーとは違ったがこんな洒落たカレーもあるのだな」

何度もおかわりをしてたくさん食べて、道生は満足したように言う。津々良は基本的におかわりをしないから、紗雪は自分が作った料理をこんなふうに食べっぷりよく食してもらったのは初めてだ。

「お口に合ったのなら、よかったです」

「これまで食べたカレーの中で一番うまかった！　よければまた作ってほしい」

「わかりました」

この大きな声は怖いと思うものの、そんなふうに褒められたのは純粋に嬉しかった。

それから数日後、自作の書類を手に、紗雪は怖々としながら蔵の中に入った。昼間とはいえ、照明がないので、ここはやはりいつも暗い。その上、なんとも言えない湿気のようなものも感じる。とはいえ、それはこういった空間がどうしても持ってしまう空気みたいなものだから仕方がないとはわかっている。

以前、紗雪はこの蔵の中で怖い思いをしている。それは様々な要因が重なって津々良家の敷地内に邪悪なものが入り込んでしまっていたから起きたことだったのだが、あのときの経験はこの蔵に苦手意識を抱かせるには十分だった。

それでも、津々良の助手としてここに雇われているのだし、この蔵は敷地内にある。

生活圏内にあるものを恐れていてはどうにもならないと、日々恐怖心と戦っている。

蔵の中にあるのは、津々良がどこかから預かっている曰くつきの壺や箱、何かの儀式に使われたという怪しげな道具などだ。それ自体が不気味だからたとえ明るい場所で見ても怖いのだろうが、暗いとその怖さは増す。

ただ闇雲《やみくも》に怖がるばかりではなく、一応対策もしているのだ。ひとまず暗さがどうにかなればマシだろうと思い、少し前にキャンプ用のランタンを購入した。充電式のLEDライトで、とにかく明るい。真っ暗な部屋の中でもこれさえあれば二メートル四方くらいは明るくできるから、これを導入したことによって蔵での作業の怖さはずいぶん軽減されたといえる。

ただ、やはり蔵全体を一気に照らすことはできない分、照らされていない場所——陰や暗がりへの恐怖は依然取り除かれていないどころか、増している気もするが。

だから、蔵での作業中の紗雪はいつも腰が引けていて、何とも情けない姿をしている。

「何をしているのかな？」

「わっ!!」

紗雪が書類を手に立ち止まっていると、不意に後ろから声をかけられた。しかも、すごく大きな声で。振り返るまでもなく誰に声をかけられたのかわかったが、それでも驚きにより飛び跳ねた心臓はすぐに落ち着きそうにはなかった。

「驚かせてすまない。驚かせないよう、静かに入ってきたのだが」

道生は震える紗雪を前に、大きな体をやや縮こまらせて申し訳なさそうにした。日頃は、その体つきにふさわしい豪快な気配をまとって移動しているため、家の中では近づいてくるだけでわかる。そのたび紗雪がびっくりするから、気をつけてくれたのだろう。

だが今は、そのせいで突然現れたように感じられて驚いてしまった。

おそらく、どんな現れ方をしても紗雪は道生に驚いてしまうだろうが。それは彼が悪いわけではなく、自分のほうに問題があることも、少しずつわかってきていた。

「こちらこそ、すみません。驚いてしまって……竹本さんが悪いわけではないんです。私が、臆病なのがいけないので」

すまなさそうにする道生が気の毒で、紗雪も頭を下げた。こういったおどおどした態度が時に人を苛立《いらだ》たせ、嫌われてきたことは理解しているのだ。だが、なかなかすぐに堂々とはできないし、苦手意識の克服も難しい。

「蔵のことについては渡瀬さんに聞くのがいいと言われたのだが」

「あ、そうでした。後々のために蔵の区画を分けて物品を記録してみようと思いまして」

道生から仕事の話を振ってくれたことで、紗雪は意識を切り替えることができた。彼は津々良家にいる間、御札を書く手伝いをしたり日頃は手入れが行き届かない道具の修理をしたりして過ごしているのだ。だから、こうして引き継ぎのことに気をまわしてくれたときに話をしておかねばと、先ほどまで見ていた書類に目を落とす。

「これは、蔵を真上から見たらこんな感じになるだろうなという、簡易的な見取り図です。蔵の中を全部で十個の区画に分けてみて、それぞれにアルファベットを振っています。それで、たとえばA区画には何が置いてあるかの品目リストがこれになって、名状しがたいものもあるので絵というか図も添えています」

紗雪は言いながら、ダブルクリップで留めた分厚い書類の束をめくっていった。まだ暫定的に作った書類で見づらいところも多々あるため、細かく解説していく。

「なるほど……これがあれば、たとえばこっそり何者かが侵入して物品を持ち出したとしても、リストと突き合わせてみれば紛失に気づきやすいということだな」

黙って書類に見入っていた道生が、感心したように言った。たとえが物騒だが、どうやらこの書類の使い道については理解してくれたらしい。

「そうですね。それから、もう長いこと年単位で預かっているものもあるみたいですから、それを忘れずに管理できるかなと思って、蔵に物品がやってきた経緯についても備考欄に記録しておけるようにしているんです。ひとつひとつ、津々良さんに尋ねている最中なんですけど」

「それは骨が折れる作業だろう。あの人は術者としては一流だが、おそらくこういった事務的な作業は不得手だろうからな。どこに何があるか把握はしているだろうが、それは感覚的なものであって、このような書類にして誰かに引き継げる類《たぐい》のものではない」

「実は、そうみたいなんですよね。津々良さんに苦手なことがあるっていうのが、ちょっと信じられないんですけど」

ただの居候のときは見えなかった部分なのだが、津々良にも苦手分野というものがあるらしい。あの美貌と常に冷静な性格からイメージされる、完璧超人というわけではないのだ。

だから、事務作業をする要員として雇われたのはお情けではなかったとわかって、紗雪は少しほっとしている。津々良が苦手なことを自分がカバーできるというのは、すごく嬉しいことだ。

「それでこうしてリスト化してみたら、各区画にいわゆる取り扱い注意な物品が散らばっているみたいなんですよね。だから、それらのものを一画にまとめたら管理しやすくなるかなって思うんですけど」

リストをめくりながら、紗雪は区画図を指差す。取り扱いに注意が必要な物品とは、津々良に尋ねたときに「それは……触るんじゃない」とか「何か感じても気にしなくていいからな」などと不穏な答えが返ってきたもののことだ。もしくは、御札がベタベタと貼られたあきらかに危ないもののことである。

そういったものが点在しているよりも一箇所にあったほうがいいのではないかと考えたのだが、それを聞いた道生は苦笑した。

「分散して置いているのは、おそらく意図的にだろうな。その取り扱いが難しいものを燃えやすいものだと考えてみるといい。そういったものを一箇所にまとめると、一気にリスクが上がるのはわかるかな？　それにたぶん、相性というものもある。それ単体ではたいした脅威ではなかったものが、組み合わせ次第で危険になるというのは、いくらでも考えられるだろう？」

「そっか……それで分けて置かれているんですね」

無秩序に見えるこの蔵の中にも何らかの決め事があるのかもしれないと、紗雪は改めてリストを見直す。

「たとえるなら、学年の各クラスに散らばっていた不良をひとつのクラスにまとめたら、管理しやすくなるどころかとんでもないクラスになる、くらいの話だろうな」

「え、それはしちゃだめですね。危ないものはひとまとめにしないほうがいいです」

そのたとえは一体何なのだと思いつつも、わかりやすさに紗雪は笑った。だが、そうして話し込む間にずいぶん道生と距離が近づいていたことに気がついて、慌てて距離を取った。

「えっと……というわけで、毎日でなくても留守中にこのリストをもとに蔵のことを気にかけてもらえたら、大丈夫だと思います。もし預けている方から問い合わせを受けても、リストで確認すればわかるようになっていると思うので」

意識すると、途端にまた萎縮してしまう。道生が自分を故意に驚かせようとしているわけではないのは、わかっているのに。

体は大きいが、別段動きが粗野というわけではない。顔もよく見てみれば、凛々《りり》しい眉の下の目はくっきりとした二重で、黒目が大きくてかわいらしい顔をしている。というよりも、わりと整った顔はしているのだ。だからきっと、こういった逞《たくま》しい男性が好きな人にはマッチョイケメンなどと称されて歓迎される見た目をしている。

それに明るく闊達《かったつ》で、親しみやすい部類の人間であることは、ここ数日でわかっている。何を作っても「こんなおいしいものは初めて食べた！」と感激した様子を見せてくれるし、驚くほどたくさん食べてくれる。その食べっぷりは気持ちがいいもので、紗雪に料理の自信を与えてくれる。

嫌う要素も避ける要素もないはずなのだが、それでも気がつくと道生に対して体を強張らせてしまっていた。

「……俺と渡瀬さんの関係にも、そのランタンのようなものが必要なのだろうな」

縮こまる紗雪に、道生が困った顔をして言った。困ってはいる様子だが、苛立っても怒ってもいない。そのことが、紗雪は不思議だった。

「あの、ランタンのようなものが必要って、どういうことですか？」

「そのランタンは、少しでも暗がりへの恐怖を軽くするためのものだろう？　つまり渡瀬さんはただ怯えるだけでなく、この暗がりを克服する気があるということだ。だから、俺との関係の改善に役立つランタンのようなものがあればな、と」

豪快にニカッと笑って道生は言ったが、その顔はわずかに傷ついているように見えた。それを見て、紗雪は自分がこうして怯えることで彼を傷つけていることに気がついた。

彼に対する怯えは、無根拠なものであることは自覚しているのだ。紗雪自身にもどうしようもない感情だが、そうだとしても道生には何の関係もない。

それなのにこんな顔をさせてしまったのが申し訳なくて、紗雪は慌てて口を開いた。

「あの、竹本さんが怖いというより、過去に苦手だった人に勝手に重ねてしまっているというか……」

　もそもそと、声が小さくなりながらも紗雪は言った。うまく伝えられないが、道生そのものが苦手なわけではない。単に彼の存在が、過去の苦手な人物を想起させるというだけなのだ。

「そうか。その人物は、どういう人でどんなところが苦手だったんだ？」

「高校のときの、体育教師でした」

「安心しろ。俺はあまり体育が得意ではない」

「その……声が大きいところが苦手でした」

「なるほど。改善に向けて努力しよう。そうだ、試しに、渡瀬さんも大きな声を出してみたらどうだろうか。俺に負けないくらいの」

「お、大きな声？　努力します。あ、その教師は、とにかく声も所作も大きくて、頭ごなしで、何でも決めつけてくるところが苦手だったんですけど、竹本さんはこうしてちゃんと私の話を聞いてくれますね」

「頭ごなしに、はしないつもりだ。自分がされて嫌なことだからな」

　ひとつひとつ、まるで絡まった糸を解くように、道生は紗雪に言葉をかけた。すると不思議なことに、先ほどまで喉元で詰まっていたようだった呼吸が少し楽になった。

「私、苦手なことがたくさんあって、それは過去に経験した嫌な出来事に関係してて、大人になった今、平気になってもいいはずなのになって思って、ずっと苦しかったんです。しかも、それで傷ついてるのは自分だけだって思ってました……ごめんなさい」

弱い者だけが傷つくという考えは傲慢だと、紗雪は今はわかっている。津々良と一緒にいて、能力があってしっかりとした彼も傷ついたり疲れたりすることがあると知って、強い者が傷を負わないわけではないと理解している。

だから、自分より体が大きく豪快に見えるからといって、道生に怯えて傷つけてはいけないと反省した。

「いや、謝ってほしかったわけではなく、どうすれば打ち解けられるか考えたかっただけなんだ。今話してみて、相互理解が深まればそれも可能だと感じた。まあ、知らない大男は怖いが、気心が知れた大男ならそんなに怖くないだろう?」

縮こまる紗雪に、道生は笑ってみせる。彼はここへ来たときの山伏スタイルではなく、津々良の着物を借りて着ていて、改めて見ると、微妙に寸足らずな身なりをしているのに気がつく。すると、何だかかわいく見えてきた。

それに、自分にはない闊達さを持つ津々良の弟弟子が苦手なままではもったいない気がした。親しくなれれば、きっと何か得られるものがあるだろう。

「そうですね。きっと知らないから怖いことってたくさんありますよね」

「あ！　あんなところに！」

紗雪が気を許しかけ、ぎこちなく笑みを浮かべたそのとき。道生が突然大きな声を上げ、紗雪の背後に素早く拳を放った。

何がいたのだろうという恐怖と、道生の大きな声と風圧を伴うほど素早く振るわれた拳《こぶし》に、紗雪は心底驚いてその場にしゃがみこんだ。だが、道生の攻撃はそれ以上続かず、彼の笑い声がしただけだった。

「いや、すまなかった。蜘蛛がいたんだ。あまりに大きな蜘蛛だったから、知らせて驚かせるよりもと思ったんだが、逆により驚かせてしまったな」

「え、あ……蜘蛛……？」

涙目になって紗雪が背後を振り返ると、足元で大きな蜘蛛が動かなくなっていた。こんなものが音もなく忍び寄ってきていたのかと思うと怖くなって、紗雪は腰が引けたまま道生のそばに寄った。

「泣くほど怖がらせてしまったか。大きな声が苦手と聞いたばかりだったのに、すまん」

「いえ、蜘蛛が怖かっただけなので。出ましょう、ここ」

道生の背を押して盾《たて》のようにして、紗雪はよろよろと蔵を出た。

蔵の外は昼近くの太陽が明るく照らしていて、その下に出るとほっとした。何より、風が吹き抜ける場所というのはいい。こうして外に出たことで、いかに蔵の中の空気が淀《よど》んでいたか気づかされる。

「あんなに大きな蜘蛛なのに……全然気づきませんでした」

改めてぞっとして、紗雪は体を震わせた。そんな紗雪を見て道生は苦笑した。

「目に頼らず、しっかりと勘を研ぎ澄ませておけば気づくことができる。もっとも、渡瀬さんは気づいたところで怖いから仕方がないが」

「確かに、そうですね。……勘が鋭いから、竹本さんはうってつけだってことなのか」

津々良の言葉を思い出し、途端に合点がいった。

「ん？　うってつけとは何にだ？」

不思議そうにする道生に、紗雪はこの前の夢の話をした。そして、怪しげなものに入り込まれた明晰夢の中での振る舞い方について尋ねた。

「夢の中で自由に振る舞うには、か。まだ俺はそのような夢を見たことがないが、おそらくは現実で体を鍛えることが何よりだろうな。いくら夢の中で自由に行動できるといっても、体の動かし方を知らなければ夢の中であっても満足に体を動かすことはできない」

「やっぱり、鍛錬ですか……」

「実際に体を動かすのが一番だが、自分が動くイメージを摑めればいいから、アクション映画を見るのでもいいし、格闘技のゲームでキャラクターを動かすのでもいい。強い自分を思い描くことができれば、夢の中でも活路を見出すことができるだろう」

「なるほど！」

説明しながら、道生は実際に空手の型のように体を動かして見せてくれた。突きも蹴りも無駄が一切なく、鋭く素早い。紗雪はそれをじっと見て、せめて目に焼き付けておこうとした。この動きをしっかり頭の中で思い浮かべられれば、もしかしたら夢の中で動きを再現できるかもしれないと考えたのだ。

「それにしても、夢に入り込まれる……か。なかなか難儀な体験をしたのだな」

「隙だらけってことみたいです。そこも含めて、ちゃんとしていきたいなと思ってるんですけど」

何だか恥ずかしくなってしまって、紗雪は苦笑した。少しでも津々良の手伝いをしたいと思うのだが、今のままでは役に立てない。見えると言っていても、勘が鋭く体を鍛えている道生のほうが即戦力になるのはわかりきっている。

「成長したいと思ううちは、人間は変わっていけるものだと思うぞ」

「そうですかね……そうだといいな。せめて知識をつけようと、最近はネット上の怖い話を読み漁ってるんです。どんな怪異があってどんな現象が起きているのか、そういうのを知るのも間接的に経験値を得られるかと思いまして」

「何やら藪《やぶ》をつつき回しているだけにも思えるが……そういうことなら、俺の山での体験も聞かせよう。尊さんに話しておきたいことでもあったしな」

「それならぜひ、昼食のときにでも！　じゃあ、今から支度をしてきますね」

つい話し込んでしまったが、紗雪は自分が午前中は特に忙しいことを思い出して急いで台所へ戻った。

ここに来てから紗雪は、自分が無能ではないことを知った。会社に勤めていたときはいわゆるパワハラを受けていて、毎日いかに使えない人間なのか、だめな奴なのかと言い聞かせられていたから、自分でもそう信じていた。学生時代にいじめを受けていたことも、自分をだめだと思い込むことに拍車をかけていた。

だが、佐田に教えてもらうようになって、苦手だと思っていた料理も少しずつできるようになった。怖いものを見るだけで何の役にも立たないと思っていたこの目も、この世ならざるものを見る力が衰えつつある津々良の手伝いができるかもしれないとわかった。

まだ未熟で知らないことばかりで、それに気づくたび凹《へこ》みそうになるが、立ち上がればきちんと前に進めている。

成長したいと思ううちは、人間は変わっていける——道生にもらった言葉は、また壁にぶつかりかけていた紗雪の心を楽にした。

「……勝手に怖がってばかりじゃなくて、話してみてよかった」

勝手口から台所に戻って、紗雪は呟いた。道生が来てから数日感じていた緊張のようなものが、すっかりなくなっていることに気づいた。

まだあの体と声の大きさには驚いてしまうだろうけど、きっともう大丈夫。そう確信して、ちょっぴり嬉しくなりながら料理に取りかかった。


昼食は、少し悩んでから蕎麦《そば》にした。これが津々良とふたりの食事なら、薬味をつけただけかとろろを用意するくらいだが、今は道生がいるからそれだけでは足りないだろうと天ぷらも添えてみた。

揚げ物はまだ修業中で、初めて作った天ぷらは揚げている最中に衣がすべて剝がれてしまうという事態に陥ったが、何回か練習するうちに食べられるものを作れるようになっていった。そして今日は、佐田にこの前教えてもらった衣に氷水を使うという裏技を試してみたところ、これまでで一番うまく揚げることができた。

「では、俺が山でした体験について話そうか」

全員が食事を終える頃、道生が口を開いた。彼はあっという間に天ぷらも蕎麦も完食していたが、何を食べるにも時間がかかってしまう紗雪が食べ終わるまで待っていてくれたようだ。津々良は、食事のときの所作も洗練されていて丁寧で、それでいて決して食べるのが遅いというわけではないから、紗雪は見ていて羨ましいと思ってしまう。

「すみません、お待たせしました」

「いやいや。そこまで恐ろしい体験ではないが、食事中に話すことでもないと思っていただけだ」

やや恐縮した紗雪にカラッと笑ってみせて、それから道生は姿勢を正した。

「それは、少し肌寒い曇りの日のことだった」

姿勢を正した道生は、声を落として語り始めた。先ほどまでとはまとう空気が違う。たったそれだけでこれから怖い話が始まるのだと感じて、紗雪も身構える。

「その日俺は、人に呼ばれて山を歩いていた。山を通らずとも目的地には行けたんだが、そこを通れば近道になるのはわかっていたし、どうにも知らない山には入ってみたくなるんだ。頼まれ事の内容が内容だっただけに、周辺調査も大事だと思ってな。それに、道なき道をゆくという感じの険しい山ではなく、春になれば山菜採りに人が出入りするような里山だったから、問題なく歩けると思ったんだ」

道生の山伏めいた存在から、山と聞いて険しい斜面を想像していた紗雪は、頭の中の映像を慌てて切り替えた。比較的都市部で育った紗雪は山菜採りをしたことはないが、それがどの程度の山なのかは何となく思い浮かべることができた。

「日頃険しい山歩きで慣れているため、俺にとっては散歩と変わらないくらいの感覚で歩けるような場所だったんだが、しばらく歩いて気がついてしまったんだ。景色が、全く変わっていないことに。特徴的な枝ぶりをした木を見つけて、それが二度目に見えたときにな。この手の話は山歩きにはつきもので、修行中に人から聞いていた。いわゆる、狐や狸に化かされるというやつで、何かの拍子にもとの道に出られたとか、ひと休みしたら出られたとか、そんな話をな。だからそのときは俺も、深刻に捉えてはいなかったんだ」

たとえ狐や狸に化かされたのだとしても、自分ならすごく焦りそうだと紗雪は考えた。そもそも、ひとりで山歩きなどできそうにない。だから、山に入った時点で相当に構えているだろうし、同じところを延々と歩いていると気づいた途端に冷静ではいられなくなるだろう。

「化かされてるんだろうなと思った俺は、まっすぐ進み続けていたのをやめて、横に進むことにしたんだ。そうすれば、さすがに違う景色が見えるだろうと思ってな。だが、そうやって体の向きを変えて歩きだしても、結局は同じ道に戻ってる。気がつくと、同じ枝ぶりが特徴的な木のある景色の中にいるんだ。それで立ち止まって、俺は空気が動いてないことにも気がついた」

空気が動いていないということが何を意味するのか、紗雪にはわからなかった。だが、屋内ならまだしも山の中で空気の動きを感じないなんてことは、なかなかないのではと考えた。

「山を歩くときには、太陽の位置や風向きなんかに注意しなくてはならないんだ。時間を把握することもそうだし、天気の崩れる兆候なんてものは早めに摑まなければならないからな。だから、空気の動きを感じ取れないというのは大変なことだ。それで俺は、どうやら〝違うところ〟を歩いてしまっているんだと理解した」

「違うところ？」

「簡単に言うと、そうだな……人の領域ではないところに踏み入ってしまったというところか。山は、もともと修行する人間たちには〝他界〟と呼ばれ、この世ではないとされている。だから俺は気がつかないうちに〝この世ではない場所〟に踏み出していたのだなと理解したわけだ」

山に馴染みはないが、そこまで恐ろしい場所だとも思っていなかったから、そんなふうに簡単に〝この世ではない場所〟に踏み出してしまうものなのかと紗雪は静かに恐怖した。登山をするような山は何となく近寄りがたさというか、自分には無縁な場所だという感じはあるが、里山にはそこまでの気持ちの距離を感じていなかっただけに、身近な恐怖だ。

「それで……おかしいと気づいてからどうやってその山を出られたんですか？」

ここに道生がいるということは、無事に切り抜けたということだ。だから安心感はあるものの、気になってつい先を急かしてしまう。

「どうしたものかと悩んだんだが、苦肉の策で道切りを作ってその例の木にくくりつけてみたんだ。道切りというのは、田舎の村なんかの入口にある注連縄《しめなわ》のようなものだ。外から悪い者や悪さをする神が村の中に入らないように張っておく結界みたいなもので、この世とそうでない場所を分かつ、境界線と言えるな。それを作って、『ここから先の人の世にお帰しください』と必死に祈ったんだ」

「それで、帰れたんですね？」

「帰れたというか、気がつくときちんと空気が動く、本来の山の中を歩いていた。怪異を見たのでも化け物に行きあったわけでもないが、これは肝《きも》が冷える経験だったな」

語り終えて道生がほっと息をつくと、紗雪も安心して深く呼吸をした。

日常的にこの世ならざるものを見るのも怖いが、そんなふうに歩いていたら気づかぬうちに境界を踏み越えていたというのも怖い。というよりも、紗雪は自分が同じ体験をして同じように切り抜けられる自信が全くなかった。切り抜けられなかったら、一体どうなってしまうのだろう。

「道切りを作って切り抜けるとは、考えたな」

「……この方法で、正解だったのでしょうか」

「概ねな。というより、ミチオが無事生きて帰ったのだからそれでいい。道切りは、履いていた草鞋《わらじ》を解いて作ったのだろう？　機転が利いたな」

黙って最後まで聞いていた津々良が、そのときの道生の行動を評価した。褒められた道生は、機嫌のいい大型犬のように安心しきった顔で笑った。

「あの……竹本さんはどうなってしまっていたんですか？　この話は、誰にでも起こり得ることなんですか？」

せっかく道生が体験を話してくれたのだから、そこから何か学べることがあればと、紗雪は津々良に尋ねた。何より、自分も山で同じような目に遭うかもしれないと考えると、知識は少しでも多いほうがいい。

「ミチオが言っていたとおり、気づかないうちに境界を踏み越えていたのだろうな。そうやって山道で気づかぬうちに踏み越えてしまうことは、ままあることだ。それを恐ろしいと思うなら、山には安易に入らないほうがいい。道が他にあるならそちらを選ぶ、近道だからといって山を越えようとしない、これらを守るだけで防げる可能性はぐっと上がるだろう」

「山に入らない……確かに、それが一番確実ですね」

ひとりで山歩きなどできる気がしていなかったが、津々良に念押しされると絶対に歩くまいという気になる。山で修行をして慣れているはずの人間でも、そんな体験をするのだ。何もない山でも不慣れな自分には越えられないと、紗雪はわかっている。

「それにしても、そこで誰とも遭遇しなくてよかったな」

紗雪が山の怖さをしみじみと噛み締めていると、津々良が思い出したように言った。

「山の中で出会った人物に何か物々交換を申し込まれても、決して応じてはいけないと覚えておきなさい」

「尊さん、それはどうしてですか？」

「山の中には、境界に踏み入ってしまってそこから出ることができず、人ではなくなってしまった存在がいる。それらの存在がもとの世界に戻るためには、迷い込んですぐの人間と物を交換する必要があるんだ。だから、そんな存在と物を交換したら？」

「もとの世界に帰れなくなる、ということですか？」

「そういうことだ」

津々良に質問を重ねた道生は神妙な顔をして頷いているが、紗雪はただ黙って震えていた。もし山の中で道に迷って、そんなときに人間に出会ったらほっとして言葉を交わしてしまいそうだ。その上、何か交換してほしいと言われたら、きっと自分は応じてしまう。それがわかるだけに、ぞわぞわと恐怖を感じる。

「あの、休暇中の旅行先って、山の中じゃないですよね？」

怖くなって、紗雪は尋ねた。温泉地などは山奥にあるイメージがある。そこで津々良ともしはぐれてしまって、さらに山に入ってしまうようなことがあれば……と想像したのだ。旅行先が山の中なら、今の話とは無関係ではいられないかもしれない。

「そうだな。まあ、この国で暮らしていれば、山などどこにでもあるからな」

「え……」

怖がる紗雪にかすかに笑って、津々良はそのまま席を立って部屋を出ていってしまった。紗雪はその言葉の意図がわからず、中途半端な恐怖の中に取り残された気分だ。

「あれは、『いざとなれば私が守ってやる』という意味だったのだろうか」

「え」

「いや、違うな。師匠がどんなふうに女性を口説くかわからんが、今のはたぶん違うだろう」

「違うんですか……違うでしょうね」

道生も津々良の言葉について考えたようだが、結局わからずじまいだった。

第二章　咲く花、散る花、ガマ蛙

Ogamiya tsudura
kaikiroku

道生がやってきた数日後、家政婦の佐田がやってきた。買い物袋の他にオレンジ色の花を手にしていた。

「こんにちは、佐田さん。このお花、どうしたんですか?」

「これはカンゾウって植物のお花。ご近所さんの庭先で見かけたから、お願いしてもらってきたのよ。確か食べられるって聞いて。ミチオくんが来てるんだったら、食べ方を教えてもらおうと思って」

「食べるんですか?」

てっきり飾るための花だろうと思って、花瓶のありかを考えていた紗雪は、食べると聞いて驚いた。

「世の中には食べられる野草がたくさんあって、ミチオくんは山籠りをしているからそういうのに詳しいのよ。だから、毎年ミチオくんが留守番をしている間は私もちょくちょく来て、いろいろ教えてもらってるの」

なるほどそれで普段よりさらに上機嫌なのかと、紗雪は納得した。佐田は紗雪の母親よりもやや年上で、いつも朗らかで気のいい人だ。津々良家に恩があって家政婦をずっとしているということだが、面倒見がよくて紗雪もここに来てからずっとかわいがってもらっている。

料理上手で新しい知識もどんどんつけていく人だから、道生から野草のことについて教わるのも楽しいのだろう。

「竹本さん、呼んできますね」

「大丈夫よ。耳がいいから、私の声が聞こえたらそのうち来てくれるわ。ほら！」

佐田が言ってすぐ、台所の入口にひょっこり大きな体が現れた。来客の気配を察知して玄関先にやってくる大型犬みたいで、紗雪はこっそり笑ってしまう。

「佐田さん！　お久しぶりです！」

「あらあミチオくん、また大きくなった？　元気そうでよかったわ」

「いや、自分は二十五歳になりますので、もう大きくはならんのですが」

「そう？　二十五歳ってことは、紗雪さんとも歳が近いわね。仲良くなれそう？」

佐田はおしゃべり好きの親戚のおばちゃんの如く、道生を笑顔で迎えて話している。彼女を前にすると道生も何だか子供のようで、大きな体とのギャップがおかしい。紗雪もそうだが、佐田を前にすると不思議とみんな子供のようになってしまう。

「最初は少し怖がられてましたが、少しずつ慣れていってもらってます」

「やっぱりそう？　紗雪さん、もしかしたらミチオくんみたいな人は少し苦手かなって心配してたんだけど」

道生の笑顔とやや心配そうにする佐田の表情を見て、紗雪は申し訳なくなった。されている心配がまるっきり子供に向けたものみたいで、そんな心配をさせてしまう自分が恥ずかしいのと、苦手を隠すことができずにいたことでいたたまれなくなる。

「えっと……体と声の大きさにびっくりしただけで、悪い人でないのはわかってるので、大丈夫です。いろいろお話するうちに、平気になると思うので」

「そうね。でもミチオくんも、まだ修行が足りないから怖がらせてしまうんじゃない？　この子、中学生のときにあまりにも喧嘩ばかりしてるからってお山に放り込まれたのよ。だから紗雪さんが怖いって思ってしまうのも、ちょっと仕方ないの」

紗雪のフォローに、佐田がさらりとそんなことを言った。それは道生にとっては恥ずかしい過去の話だったらしく、彼はわかりやすくうろたえていた。

「佐田さん、それは……いや、恥ずかしいかぎりだ。なぜあんなにも荒れていたのか自分でもよくわからないんだが。自分ではもうすっかり決別できているつもりだった」

「あの……暴れる人だとか、そんなふうには全然感じてないので。むしろ、昔喧嘩ばかりしてたなんて信じられないですよ？　落ち着きがあって」

「そうか。そう見えるんならいいんだが」

しゅんとする道生がかわいそうで、紗雪は精一杯慰めた。お世辞ではなく、本当に道生から荒くれ者だった過去は感じられない。ということは、彼が己の行いを恥じて、懸命に変わろうとした結果に違いない。「昔は悪かった」などと自らの口から言いたがる者はかなりの確率で更生などできていない。過去を恥じることができる道生はそういった人間と違い、変わることができたし、反省もしているのだろう。

「ミチオくんが来てるってことで、今日は鯛を買ってきたのよ。山にいるときは魚はなかなか食べられないでしょうから、留守番中にたくさん食べたらいいわ」

「鯛！　それならその鯛は塩焼きにして、今から庭で採った野草で副菜を作るのはどうでしょう？」

「いいわね。カンゾウの花も今夜出すものとして調理する予定だし」

佐田がスーパーの袋から鯛を取り出すと、道生の顔がパッと輝いた。野菜より肉類を好むなと感じていたが、どうやら魚も好物らしい。メインのおかずが決まってしまうと、あっという間に話が進んだ。

「カゴとか鎌とかいりますか？　確か納戸にあったと思うんですけど」

「鎌よりも花鋏《ばさみ》があれば助かる」

「取ってきます！」

山菜採りすらしたことがない紗雪は、庭で野草を採取するというのがどういうことかいまいち想像できていなかった。それに、この津々良家の庭に食べられるものがあるなど考えたこともない。あるのは、抜いても抜いても追いつかないほど生えてくる草だ。

「本当に、ここに食べられるものがあるんですか？」

三人で揃って庭に出て、紗雪はキョロキョロと見回した。樹木をはじめ様々な植物が生えているが、これといっておいしそうなものはない。

「目が慣れれば、食べられるものをパッと見分けられるようになるぞ。ほら、これは食べられる。ヤブガラシという」

「あ、これ……学校のフェンスとかによく絡まってるやつ。根がすごく強くて、抜いても完全に取り去ることができなくてまた生えてくるんですよね」

道生が指差したのは、庭を囲む竹垣に絡みついた蔓《つる》状の植物だ。鳥の足のような形をした葉がたくさん茂り、小さなオレンジ色の花まで咲かせている。

「確かに、雑草として見れば厄介な植物であるのは間違いない。ヤブガラシという名前も、藪を覆って枯らしてしまうほど勢いよく茂る生命力の強さからつけられたと言われているくらいだからな。だが、これはごま和えにすると独特の粘り気があってうまい」

「へぇ」

感心する紗雪の横で、道生はヤブガラシの葉を選り分けて採取していく。それを真似て佐田も手際よく葉をむしっていた。よくわからないまま、紗雪もせめて柔らかそうなものをと思い、蔓の先の小さな葉を取る。

「それでこれなんかも、生命力が強いから場所によっては嫌われものかもしれんな。だが、昔から地域によってはよく食されていたそうだ」

そう言って道生が指差すのは、地を這うように生えている多肉質な植物だ。これもまた、道路などに張り付いて生えているのをよく見かける植物で、この庭の中でもいたるところで見つかっては紗雪に引っこ抜かれている。

「草って、そのままだと嵩張《かさば》るから抜いたあと少し置いて乾燥させて捨ててるんですけど、これは抜いて放っておいてもいつまでも瑞々《みずみず》しいんですよ……」

紗雪がうんざりして言えば、おかしかったのか佐田が笑った。

「これはスベリヒユといって、湯がいて細かく刻むと独特の粘り気があって、まるでモロヘイヤみたいに食べられるのよ。お味噌汁の具にしてもいいし、麺類の嵩増しに使ってたなんて話もあるの。今日はよくアク抜きをしてから茎をからし和えにしようかしらね」

どうやら佐田には馴染みのある食材らしく、迷いなくぶちぶちと地面からむしっていた。しぶとい雑草が少しでも食卓の彩りになればと、紗雪も加勢した。

「もう萎んでしまっているが、この時季の朝に小さな青い花をつけるのを見たことがあるだろう？　これも食べられるんだ」

「あ、ツユクサ。これは私も知ってます。これも食べられるんですね」

紗雪は早朝の掃除のときに秘かに愛でていた花が食べれるものだとわかって驚いた。

「これ、どうやって食べるの？　野草は大抵天ぷらにして食べるものだけど、これもそう？」

「若い芽は天ぷらにしてもうまいのですが、このくらい育ったものはちと手間がかかります。湯がいたあと薄皮を剝く必要があるんです」

「フキみたいにするのね。どんなお味がするのかしら」

「そうですね……儚《はかな》い、と言いますか、癖がないと言いますか」

「そう、儚いの……」

手間暇かけて下処理をしなければ食べられないくせに、味は儚いとしか表現できないというのか。おそらくその場にいた三人が同じことを思ったようで、少しの間沈黙が流れた。それから、かかる手間のことを考えてほどほどの量を採取した。

「これは若い葉をご飯に混ぜ込むと独特の香りを楽しめるものだな。葉の根本が赤いだろ？　新芽はもっとわかりやすく赤いから、それでアカメガシワという名前なんだ」

「あ！　いつの間にこんなに育って……」

道生が指し示した植物に覚えがあった紗雪は、気づかぬうちに子供の背丈ほどに育った姿を見てムッとした。おまけにぽつぽつと薄黄色の花までつけている。

「これ、どこからかやってきて知らないうちに育ってたので、春先に引っこ抜いてやっつけたつもりだったのに」

「見落としたのがここまで育ったのだなあ。まあ、これに限らんがこの庭に生える植物は薬になるものも多いから、こうして勝手に育っていてもあまり目の敵にしてやるな」

「薬か……そういえば津々良さんも、廃墟に見えない限りは草もそこまで必死になって抜かなくていいって言ってました。何かに使うつもりなのかな」

薬になると言われれば無下《むげ》にもできず、紗雪はアカメガシワをじっと見た。若い葉はまだ色が赤っぽいと教えられ、食べられそうなものを吟味《ぎんみ》していく。

種が飛んできていたのか、探すと何箇所かにアカメガシワが生えてきていて、紗雪はどうせなら食べてしまおうと庭の中を歩き回った。

そして、庭の隅で不気味なものを目にして息を呑《の》んだ。

それは、地面から生えた手首のようで、血の気が引いて真っ白に見える。だが、よくよく見れば当然それは手首ではなく、そう見える別のものだった。何かはわからないが、どうやら植物の類のようで、風が吹くのに合わせて時折揺れていた。だが、透けるような半透明のその見え方から、この世のものではないとわかる。

結界を張っているとはいえ、それは網のようなもので、その編み目より小さな――この場合は津々良が想定しているよりも弱い――存在は、その目を潜り抜けて津々良家の敷地内にも容易に入り込めるのだという。だから、不気味だけれど特に害がないようなこういった存在は、時々目にしてしまうのだ。

以前津々良に報告したときも「あまり気にするな。気にしすぎるのが何よりよくない」と言われたのだった。だから、紗雪は不気味なそれらからそっと目を逸らした。全く怖がっていないというふうを装いながら。

「渡瀬さん、この花も食べられるんだ」

「あ、はい！」

少し離れたところから道生に呼ばれ、紗雪の意識はそちらに引き戻された。彼が〝この花〟と示したのはクチナシの花で、その香りと花姿を夜船と一緒に愛でていたものだ。

「お花を食べるんですか？　クチナシの実が染料になることは最近知ったんですけど」

「そうそう。栗きんとんの黄色は、このクチナシで色をつけるのよね。それで、このお花も天ぷらにするの？」

花を食べられると聞いて、佐田も興味津々でやってきた。とりあえずこのクチナシの花も天ぷらにしてしまおうと考えるのがおかしい。

「さっと湯がいて三杯酢で食べたりお吸い物に入れたりするんです」

「お吸い物！　いいわね。ちょうど今夜は鯛の頭で出汁を取ってお吸い物にするんだもの。飾りに使いましょう」

彩りに使えると聞いてときめいたらしく、佐田は形を損なわないようにクチナシの花を採取した。

それから何種類か食べられると教えてもらった野草を採り、台所に戻ってからは手分けをして調理に取りかかった。

道生と佐田が言うには、野草を食べる基本はアク抜きだそうだ。えぐみが強くてそのままでは食べにくいものが多いし、ものによってはシュウ酸という体によくない成分が多く含まれているため、それを取り除く意味でも一度湯がくことが大切なのだという。

アク抜きは、お湯に重曹を溶かしたもので湯がくと教えられ、紗雪はふたりに見守られながらその作業を行った。

「そういえば、さっき庭で何かあった？　顔色が悪かったように見えたんだけど」

「え……」

湯がいたツユクサの茎の薄皮を慣れない手で剝いていると、何でもないことのように佐田に尋ねられた。彼女が言う〝さっき〟が地面から生えた手のような植物を見たときだとわかって、気づかれていたことに驚いた。

「もしかしたら何か怖いものを見たのかもしれないと思ったのだけど、その場で声をかけるのはさらに怖がらせてしまうかも知れないと思って、黙ってたの。でも、ここは安全よ。怖いことは人に話してしまったほうがいいんじゃないかしら？」

佐田は、紗雪がこういうことを言いたがらないことも、安全な場所でなければ話さないだろうこともしっかりとわかっているようだ。こんなふうに言われて黙っているわけにはいかないから、紗雪は口を開いた。

「津々良家の敷地内なら安全だってわかってるんですけど、たまに変なものを見かけるんです。前に津々良さんに話したときは、気にするのはよくないからあまり気にするなって言われたんですけど……今日は地面から人の手首が生えてるみたいな植物みたいなのが見えて、ちょっと怖かったんです」

「まあ！　それは怖いわ。怯えるのも無理ないわね。私だったら叫んじゃうわ」

紗雪が見たものが意外だったのか、佐田はひどく驚いた様子だ。わずかにでも恐怖を共有できて、紗雪は少し気が楽になった。

「そいつは……無害とは言わないが、そういう現象だから気にするなとしか言いようがないのは間違いないな。渡瀬さんの目は、ここことは違う位相が見えることがあるのか。説明が何とも難しいのだが、その植物はここにあってここにないものというか。見えれば驚くのも無理ないが、それに近づいたり触れようとしなければ問題ない」

「そうですか……やっぱり、慣れが必要ですね」

どう説明したものかと悩んでいるものの動じた様子を見せない道生に、やはりこれがただ見えるだけの一般人と山で修行をしている人間との違いなのだろうなと、ちょっぴり凹んだ。

「尊さんは、怖い気持ちを我慢しろとか、見たものを報告するなと言ったわけではなく、おそらくはあまり気に病むなと言いたかったのだろう」

「え？」

「いや、先ほどの様子だと、聞かれなければ話す気はなかったように見えてな。だから、怖いものを見たのなら、何か怖いと感じたのなら、話したほうがいいぞと言いたかったんだ」

どうやら道生は凹んだ紗雪を励まそうとしたらしい。というよりも、思い違いを正そうとしたのか。

「そっか……私、怒られたり邪険にされてばかりだったので、誰に対してもあまり頼っちゃいけないような、そんな気がしてずっと生きてきたんです。でも津々良さんには、頼る術《すべ》を学ばなきゃだめだって言われたんでした」

紗雪は問題を抱えて津々良のもとにやってきて、様々な考え方を正されたのだ。その中に、きちんと人を頼るという話もあった。「痩せ我慢は美徳ではないし、察してもらうまで待つのは慎ましさでも何でもない」と言われてから、きちんと周りの人を頼ることの大切さをわかったはずだったのだ。

「もし尊さんが話を聞いてくれないっていうなら、私が聞くわ。怖いのを我慢したままだと、よくないと思うのよ」

「恐れを解消しないまま溜め込んでいった結果、悪いものを呼び寄せてしまうこともある。だから、気軽に話すといい。最近執心しているという、怪談の収集で得た怖い話のことも聞かせてもらえると助かる。ネット上とやらでどのような怪異の話が伝播《でんぱ》しているのかなんて、俺にはわからんことだからな」

「最近流行りの怖い話、私も聞きたいわ。私の若い頃は口裂け女だとかメリーさん何かが流行《はや》ったんだけど、近頃はどうなのかしらね」

道生と佐田が話していいと言ってくれたことで、紗雪の気持ちはかなり楽になった。

勉強のためと思ってネットで怖い話を読んではいるが、やはり怖さに慣れることはない。それにあの手の話は読んでいる最中よりも、ふと思い出したときが怖いのだ。

だから紗雪はふたりの言葉に甘えて、これまで読んで怖かった怪談や都市伝説の話をした。紗雪が読むのは主に実話怪談の体をなしたもので、そのためオチがつかずじめっと不気味なものが多い。だが、ひとりで読んでいたときはものすごく怖かったはずのそれらの話も、料理をしながらふたりに話してしまうとそこまで怖い話には感じなくなっていった。

「何となく不穏な気配を感じて来てみれば……そんな話をしながら作った料理は、嫌だな」

ふと気がつけば、台所の出入り口に津々良が立っていた。話と調理に夢中になっていて気がつかなかったが、どうやら少し前からそこで聞いていたらしい。

「す、すみません。つい、怖い話を人に聞かせたくなってしまって」

「まあ、それは仕方がないな。……それにしても、草料理か」

何か用があったというわけではないようで、それだけ言うと津々良はまた去っていってしまった。

「尊さんは野草料理が苦手だから、それを察知してきたんだな。文句をつけたかったのは渡瀬さんの話ではなく、野草料理のほうだから気にしなくていい」

「今のは……なかなか見られない姿ね。ちょっと夜船に似てなかった？　あのこ、たまにふらっと台所に来て文句言って帰っていくことあるでしょう？　それみたいだった」

津々良の機嫌を損ねてしまったのかと不安になったのは紗雪だけで、道生も佐田も彼の行動のおかしさを笑っていた。それを聞いて、紗雪も彼の弱点というか人間味の部分を思い出していた。彼はあの怜悧《れいり》な美貌のせいでついつい完璧な超人だと思われがちなようだが、甘党だったりお酒が飲めなかったりと、意外な一面があるのだ。

「そっか。野草料理が苦手なんですね。でも、上手にできたと思うんですけど」

完成した料理の数々を前に、紗雪は達成感を感じていた。カンゾウの花の三杯酢、アカメガシワの混ぜご飯、スベリヒユのからし和え、オオバコのおひたし、クチナシを飾りに添えた鯛出汁のお吸い物、ツユクサの卵とじ、ヤブガラシのごま和え、それぞれの野草を天ぷらにしたもの、それから鯛の塩焼きだ。

庭に生えていればただの草で、厄介者だとすら感じていたものが、手を加えればこんなふうに食卓を彩るものに変わったということがすごく楽しいと紗雪は感じていた。

「そうそう。今日は尊さんたちに見てもらいたいものがあって持ってきていたんだわ。怖いものとか危ないものじゃないのよ。ちょっと不思議なもの」

あとはテーブルに配膳するだけとなった段階で、佐田が思い出したように言った。そういえば今日は買い物袋のほかに荷物が多かったなと、紗雪はそのとき気がついた。

「せっかくなら、一緒にお夕飯を食べていってください。それなら、食事のときに話ができますよね？」

珍しい料理を一緒に作ったのに食べずに帰ってしまうのを残念に感じていた紗雪は、思いきってそう誘ってみた。

「まあ、いいのかしら？　でもそうすれば、忙しい尊さんたちをそんなにわずらわせずに済むわね」

「留守中は一緒に食べているんですから、遠慮することはありませんよ。尊さんも客人を厭《いと》うことはありませんし」

「じゃあ、お言葉に甘えるわ」

道生の口添えもあってか、佐田はあっさり誘いに応じてくれた。というわけで、にぎやかしく食宅を囲むことになり、紗雪は張り切ってセッティングをした。

津々良は「今夜は佐田さんもいるのか」と言っただけで、特に反応することもなかった。というよりも、彼は苦手な野草料理と向き合うことに集中しているようで、それどころではなかったらしい。何やら難しい顔をして、それぞれの料理に箸をつけていた。

だが、そんな津々良も花を使った料理は気に入ったらしく、クチナシの入ったお吸い物とカンゾウの花の三杯酢を食べたときにはわかりやすく嬉しそうな顔をした。

「おいしいな。これまで野草も花も、食卓にのぼったことはあったのだろうが、何となく避けていたんだ。なぜ食べるものが豊富にあるのに、そんなものを食べなくてはならないんだと。だが、食べてみるとおいしいものもあるのだな」

「クチナシは癖がない味でしたし、カンゾウの花の三杯酢は、少し甘めに味つけしてみたんです。なので、気に入ってもらえてよかったです」

しみじみと言う津々良の言葉を聞いて、紗雪は喜んだ。野草をわざわざ食べたくないという彼の気持ちも理解できたから、それならいつもよりさらにおいしくしなくてはと張り切ったのだ。その工夫の甲斐《かい》があったことが嬉しい。

「このカンゾウの花は乾燥したものは金針菜《きんしんさい》という名前で売られているそうで、中華料理なんかではよく食べられるものらしいですよ。中国の物産を扱う店に行けば、驚くほどの安さで手に入るとか」

「……そこまでして食べたいわけではない。あればまた食べてもいいが」

津々良が野草に興味を持ったと思って嬉しかったようで、道生が喜んで言った。だが、津々良は渋い顔をして首を振って、残りのおかずに箸を伸ばしていた。

津々良は終始難しい顔をしていたが、紗雪は野草の料理がなかなか気に入っていた。津々良も楽しんだクチナシとカンゾウの花はほんのり甘い味と食感が楽しく、厄介な雑草だと思っていたスベリヒユもヤブガラシも意外な味わいで、面白く食べることができた。これからは、道端の草を見る目も変わってくるだろう。

「それで、佐田さんが見せたいものとは何だろうか」

「そうでしたそうでした！」

みんなの食事が終わったタイミングで津々良が水を向けると、佐田が持参したもののことを思い出したらしく、風呂敷包みを台所から取ってきた。

包みを解くと出てきたのは長方形の木の箱で、蓋を開けると中には花瓶が入っていた。

「この箱は家にあったちょうどいい大きさのもので、問題は花瓶のほうなんですけど」

問題があると言いつつも、花瓶に触れる佐田の手つきは気軽なものだ。その様子を見て、怖い曰くつきのものではないのだろうなと紗雪は安心して見ていた。

「この花瓶は、知り合いから回り回って私のところにやってきたんですけど、家族も気味悪がってしまって」

「気味悪がるって、何かあるんですか？」

よくある青い絵付けがきれいな磁器の花瓶にしか見えなくて、紗雪はじっと見てみた。

曰くがあると言われれば何かあるように感じられる気がするが、目には何も見ることができなかった。ただ、普通の花瓶とはかすかに気配が異なるように感じるだけだ。

「この花瓶に花を活けると、枯れないのよ。私はそれを知り合いから聞いたとき『なんて便利なの！』って思ったんだけど、気味悪がる人も多いみたい」

「活けた花が枯れない？　それは……確かに奇妙だな」

佐田の口から花瓶の抱える問題が明かされると、津々良も道生も前のめりになってそれを見つめた。だが、しばらく眺めてから首を傾げた。

「ただの花瓶ではないことはわかるが、それ以上は何もわかりません。数日間、うちで預かっても？」

「もちろんです。というより、家族が嫌がってるので我が家に置いておくのが難しいので、できたら引き取っていただけたらと思うんですけれど」

「構いません。こういったものを扱う古物商にツテがありますから、連絡しておきます」

津々良が請け合うと、佐田はほっとしたように笑った。佐田自身は気味悪がっているようには見えなかったが、それでも家族の手前、持ち帰るわけにもいかず手もとから離れるとなると安心したのだろう。

「渡瀬さん、明日の朝にでも庭の花を何か活けておいてくれるか？　実際に活けてどうなるのか見てみなければ、何とも言えないからな」

「はい、わかりました」

津々良がそう紗雪に指示したのを合図のようにして、その夜は解散となった。


そして翌日、さっそく紗雪は庭から切ってきたナツツバキを活けてみたのだが、それから数日経っても本当に萎れる様子はなかった。

「この花、本当ならすぐ枯れてしまうのに、まるで今朝咲いたみたいにきれいですね」

花を活けた花瓶は廊下の電話台の並びに置いているのだが、紗雪が通りかかると道生がじっと見ていた。

「沙羅《さら》の花だな。朝咲いて夕方には萎んでしまう儚い花だ」

「ナツツバキって、沙羅っていうんですか？　それって、『平家物語』に出てくる沙羅双樹のことですか？」

聞き覚えがある単語に、紗雪は学生時代の知識を引っ張り出してきた。津々良家に来てからというもの、たびたびこうして教養が試される場面がある気がする。

「いや、沙羅の木と沙羅双樹は別の植物だ。写真を調べてみればわかるんだが、花姿がまったく違う」

「あ、本当だ。色も形も全然違う。ツバキ科とフタバガキ科で、植物の種類としても違うから似てないのは当然ですけど」

手元のスマホで調べてみて、すぐに納得した。写真を見てしまうと、その違いははっきりしていた。

「だが、『平家物語』の中に出てくるのはこの白いほうの沙羅じゃないかと言われている」

「そうなんですか。竹本さんは、物知りですね。私なんて、ここに来てからようやく植物の名前を覚えたくらいで」

野草といい今の花の説明といい、道生の知識に紗雪は驚かされている。こうして話してみると、人は見かけどおりではないということを実感させられる。声と体が大きいというだけで苦手に思い続けることがなくてよかったと、紗雪はしみじみ思った。

「俺も山暮らしの中で人から聞いた受け売りばかりだがな。花の名前ひとつとっても、こうして人と会話をするとっかかりになるから、知っておいて損はない」

「そうですね。……それにしても、どうして枯れないいんだろう？」

いつまでも花が瑞々しくそこにあるのは、やはり違和感があった。花がずっと美しい姿のままなのはありがたいとは思うものの、どうにも処理しきれない思いを紗雪は抱えていた。

「そういえば、佐田さんが言っていたのを思い出したんだが、この花瓶のもとの持ち主はとても花が好きな老婦人だったらしい」

「〝だった〟ということは、その人は、もう……」

「亡くなっている。それを聞いて、感じる気配のようなものの正体はわかった気はするが……俺にも尊さんにも何も見えんのだ。何か未練があるんだろうがな」

「未練……」

漠然とした気配が、この花瓶のもとの持ち主のものかもしれないとわかったことで、紗雪の中で感情が動いた。

祓ってほしいだとか、普通の花瓶にしてほしいと頼まれたわけではない。津々良がツテを持っているという古物商が来れば、引き取られる予定のものだ。

それでも、この花瓶にまだ思いが残っているのだとしたら、放っておくのは何だか忍びない気がした。

「俺も尊さんも、強いものなら見ることができるんだ。相手も、見せる気があるからな。だが、こういった儚い存在のものはどうにもな……」

「どういうことですか？」

能力面でいえば、津々良や山で修行をしている道生のほうが自分より上であることはよくわかっていた。そんな彼らに見えるものと見えないものがあるというのが理解できなかった。

「そうだな……油性マジックで書かれた文字とかすれた鉛筆で書かれた文字の違いだろうか。俺たちは油性マジックの文字しか読むことができないが、渡瀬さんはかすれた鉛筆の文字も読むことができる。これは優劣というより、体質や個性のようなものかもしれない」

「なるほど」

わかりやすい説明に、紗雪は納得した。拝み屋やそれに類する仕事がもし汚れを落とす業務だとしたら、油性マジックの文字だけが見えるほうが仕事はしやすいだろう。紗雪のようにうっすらとあるだけのものまで見えてしまうのは、間違いなく仕事の効率を落とす。

「まあ、見なくていい些細なものまで見えてしまって不便だろうが、見えるのは悪いことばかりではないかもしれないぞ」

道生が言いたいのは、紗雪が時折庭や外で何かを見ることだろう。幼い頃から、見えてよかったと思うことはなかった。だが、津々良のもとに来て、この目が彼の助けになるかもしれないと思ってからは、少しずつ意識が変わってきている。

「それなら……この目の悪くない使い道を見つけられるようにしたいと思います」

今回の件で何かできるかもしれないと思い、宣言するように紗雪は言った。

この花瓶がここへ来たのは、何かの縁だ。津々良にも道生にもできないことで、自分が役に立てそうなら何かしたいと思ったのだ。


その日の夜半、紗雪はこっそりと起き出した。

というよりも、夜遅くに目覚める必要があって、熟睡しないために布団に入らずに過ごしていたのだ。どうしても、確かめたいことがあったから。

それはおそらく、昼間のうちには確かめられなかったことだ。気配はするのに姿が見えないということは、昼間は何らかの条件が合わないか隠れているのだろう。だから、深夜まで待って様子を見ようと、待っていたわけである。

そろりと部屋を出た紗雪は、静かな廊下で小さく身震いした。

津々良家は広い日本家屋で、空いている部屋がたくさんある。それに夜更しをする者などいないから、物音ひとつしない。

だから、そこにあるのは純然たる夜だ。その濃密な夜の空気に気圧されて子供のように心細い気分になっていると、何か柔らかなものがパジャマの布地越しに足に触れた。

それに驚いて悲鳴を上げそうになったが、ぐっとこらえてそちらを見てみた。

「よ、夜船さん……どうしたの？　遊びたくなった？」

暗がりに少しずつ慣れてきた目で見ると、足元にいたのが黒猫の夜船だとわかった。夜になればそれまでどこにいたとしても津々良に探し出されて彼の部屋で寝かしつけられているはずなのに。こんな夜更けに起きているなんて遊びたりなかったのだろうかと考えたが、薄闇の中に光る目はしっかりと紗雪を見つめていた。

「もしかして、ついてきてくれるの？」

紗雪が尋ねると、夜船は足に軽く頭突きをしてきた。

最近調べて知ったことだが、猫の頭突きにはいくつか意味があって、愛情表現か何か要求があるときのものらしい。この場合は愛情表現というより慰めだろうかと紗雪は思っていたのだが、繰り返されるうちに違うとわかった。

「早く行けってことだね……わかったよ」

柔らかな額を何度も押しつけられるうち、怖さも半減して平静を取り戻してきた。柔らかくてあたたかな小さな命がそばにいてくれるというだけで、よそよそしい夜の中にも日常を見出すことができた。

だから、紗雪は勇気を出して廊下へ一歩踏み出した。

何となく勘づかれてはならない気がして、忍び足で進んでいく。広い家とはいえ、歩いていればそのうちに目的地に着く。そしてそこで、信じられないものを目にした。電話台の上の花瓶のそばには、人影があった。その人影は、女性のものだ。身につけている衣服や背の曲がり具合から、老婦人と呼ぶにふさわしい姿をしていることがわかる。さらにいえば薄暗がりの中でも、その体がうっすらと透けているのが見てとれた。

老婦人は、丁寧な手つきで花瓶の花の手入れをしていた。枝に花鋏を入れ、葉や花の状態を確かめ、花姿を整えるように角度を変えて眺めるその様子は、不思議と生き生きしている。

その半透明の姿から、生者でないのは明白だ。それなのに花を愛でている姿は、生きているように見える。

老婦人は、その花瓶のもとの持ち主で間違いないだろう。死してなお、大好きな花の世話をしているのは一見すると楽しそうだが、ずっとこのままなのだろうかと紗雪は気になってしまった。

生前のその人の心根がどれだけまっすぐであろうとも、誰かを心配してこの世に留まろうとしているのであっても、彼岸《ひがん》へ渡らずこちら側に留まり続ける魂というのはほとんどの場合変質してしまう。

それは、紗雪が身をもって体験したことだ。紗雪の亡くなった祖母は孫のことが気がかりで、ずっとそばで守ってやろうとした結果、紗雪によくない感情を持つ人々を不幸にしていった。どれほど祖母の思いが純粋であったとしても、死した魂が彼岸へ渡らないでいることはよくないのだ。

だから、できることならこの老婦人にも、早く向こうへ渡ってほしい。留まることで悪いものに変質してしまう可能性があるのなら、そうなる前に行くべきところへ行ってほしい。

優しそうな老婦人の姿が自分の祖母に重なって、紗雪は放っておけないという気持ちを強くした。

「あの……お花、好きなんですね」

本当は幽霊に声をかけるなんて怖くてたまらないのだが、勇気を出して紗雪は声をかけた。老婦人は、花を世話する手を止めない。もしかしたら聞こえていないのかもしれないと思い、すぐ近くまで寄っていった。

「このお花、何日もきれいな状態で見ることができて、嬉しかったです。どんなにきれいなお花でもすぐに枯れてしまって、そういうのがすごく寂しかったので……お花も、たぶん喜んでると思います」

隣に並び立つようにして声をかけても、老婦人の視線が紗雪に向くことはない。それでも、紗雪は話すのをやめなかった。

「お花が好きだから、この世界に未練があるんですか？　まだずっと、お花の世話をしたいなって、思ってるんですか？　それなら、大丈夫だと思います。ここではない場所にも、花は咲いているそうですから」

この声が届いているのかはわからないが、届けばいいなと思って紗雪は言葉を紡ぐ。祓ったり諭したり、そんなことは紗雪にはできない。だが、この老婦人を見ることができるのが紗雪だけなら、彼女に言葉をかけられるのもまた紗雪しかいないということだ。

「ここにはない珍しい花も、たくさんあると聞きます。だからそちらに渡って、そこでお花のお世話をしてください。ここで迷っていては、いずれお花のお世話もできなくなりますから」

紗雪が祈るように言うと、ようやく老婦人は手を止めた。それからナツツバキの花を花瓶から一枝抜くと、それを差し出してきた。

「え？」

老婦人は紗雪の顔を見て、何か唇を動かした。だが、声は聞き取ることができない。花をくれるということだけはわかったからおそるおそる受け取ると、満足したかのように微笑んで、それからとけるように見えなくなってしまった。

「……消えちゃった」

声に出してみるとどっと疲れが押し寄せてきて、紗雪はへなへなとその場に膝をついた。やはりこの世のものではないものと対峙すると、緊張してしまう。それが邪悪さを感じないものであったとしても、人間と言葉を交わすようにはいかない。もっとも、紗雪の場合は相手が生きた人間であったとしても緊張するのだが。

「あ、花が……」

紗雪はしばらく放心していたが、周りに目を向けられる余裕を取り戻して、花瓶の中の異変に気がついた。先ほどまではきれいな花をつけていたのに、その花が見事に全部落ちている。ナツツバキは朝に咲いて夕方には落ちてしまう花のため、日没後に庭を見るとその白い花弁がぽつぽつと地面に落ちているのだが、それと同じことが起きている。

「花が枯れたってことは、あのおばあさんは彼岸へ渡ったってことかな……？」

紗雪が呟くと、それに答えるように夜船が「なーん」と鳴いた。そして、急かすようにまた足に頭突きをする。

「はいはい、わかったよ。部屋に戻るんだね。夜船さんは、津々良さんの部屋に帰るの？　それとも、私と寝る？」

恐怖体験をしたわけではないのだが、何となくひとりで部屋に戻るのが嫌で紗雪は尋ねてみた。津々良がいつも必ず夜船を回収してしまうから、一緒に眠れないのはわかっていたので半分以上はあきらめていた。だが、意外なことに夜船は「なーん」と鳴いて先導するように歩きだした。

夜船が進む方向は津々良のいる離れではなく、紗雪の部屋があるほうだ。だから紗雪は嬉しくなって、半ば強引に抱っこしてみた。すると特に抵抗することなく腕の中に収まって、眠たそうな顔をしていた。

昼間にたっぷり運動しているからか、夜船は夜中に走り回ることはほとんどない。人間と同じように暮らしているこの子にとっては本来なら今はとても眠たい時間なのだと いうことを思い出して、紗雪は愛しくてたまらなくなった。

「ありがとう、夜船さん」

夜船の意思か津々良による計らいかはわからないが、この夜のささやかな仕事に寄り添ってくれたことが嬉しくて、紗雪は布団に入ってお礼を言った。布団のそばに置いた座布団の上で丸まってすぐに寝ついた夜船は何も言わないものの、こうして同じ部屋で眠れたということだけで、気を許してもらって絆が深まったような気がした。

「というわけで、あの花瓶はたぶん、普通の花瓶になってしまったと思います……」

翌朝、紗雪は朝食の席で夜中にあった出来事を話した。

津々良も道生も黙って聞いていたが、紗雪が話し終わるとそれぞれバラバラな反応をした。

「珍品を引き取りに古物商がやってくるというのに、わざわざ憑いているものを祓ってしまったのか。それは面白い」

道生はどうやらこの話がツボに入ったらしく、おかしくてたまらないというように笑った。面白いことをした覚えはないし、何より道生の大きな笑い声が怖くて、紗雪はしゅんとする。

「どうしよう。古物商の方は、困ってしまいますか？　この世に留まって迷っているのは気の毒だと思って、それで声をかけただけで花瓶の価値が下がってしまうなんて、考えてなかったので」

自分がしたことで誰かが困るかもしれないなどとは考えていなかったため、今になって軽率だったかと反省した。昨夜はただ、花瓶の真相が知りたかったのと、知ったあとはただ老婦人が心配で声をかけてしまったのだった。

「古物商は曰くのないものも曰くつきとして好事家に売りつけるような男だ。だから、価値が下がっただとか憑いているものを祓ってしまっただとか、そんなことは考えなくていい」

津々良は顔色を変えずにそう言った。声も表情も淡々としているが、言葉の感じから紗雪を慰めてくれていることが伝わってくる。

「俺も別に、渡瀬さんがしたことを責めようと思ったわけではないからな。むしろ、花瓶のもとの持ち主の迷いを晴らしてやったことは、立派だと思う」

「そうだな。自分には見ることができたから声をかけただけと思うかもしれないが、そんなふうに他者に関心と思いやりを持てたことが進歩だ。かつての渡瀬さんなら、そんなことをしなかっただろうからな」

しょんぼりしていたところにふたりから手放しに褒められ、紗雪は戸惑った。

あの老婦人の迷いを払ってやれたことは、よかったと思う。褒められたのも嬉しい。だが、褒められたことで花瓶の価値が下がってしまったことが気にならなくなるかといえば、それはまた別問題だった。

だから、実際に古物商がやって来るまでは落ち着かずに過ごしていた。

「ごめんください。雨宮《あまみや》ですよ。旦那、例のブツを引き取りに上がりました」

その日の午後、紗雪が草抜きをしていると、そんな呼びかけとともに見知らぬ人物が庭に現れた。

よれよれのシャツとズボンの上から紺色の法被《はっぴ》を羽織り、背中に木製の箱を背負ったあきらかに不審な男だ。

しかも庭にいきなり入ってくるなんて、紗雪の中では考えられないことだった。ごく庶民的な一軒家ならいざ知らず、立派な門扉に迎えられるようなかなりの敷地の広さを誇るこの家に、こんな気軽さで入ってきていいのだろうかと紗雪はおののいた。

「雨宮、来たか。悪いが状況が変わってしまって、どうやらただの花瓶になってしまったらしい。もし不要ということなら、持って帰るのをなしにしてもらって構わない」

これは誰かに助けを求めるべきかと紗雪が混乱していると、ちょうどよく縁側に津々良が現れた。ほっとした紗雪は、心持ち津々良のほうへ体を近づけた。何となく、この雨宮という男が苦手だなと感じたのだ。玄関ではなくいきなり庭に現れたあやしげな風体の男を得意と感じる人間は、そういないだろうが。

「え？　普通の花瓶になっちまったんですか？　あー、そいつは残念だなあ」

雨宮は首をひねり、顎をさすりながら言う。特に肌が脂っぽいというわけではないのだが、その姿は何となくガマ蛙を思わせた。横に流れるような不思議な印象を与える目に一瞥され、花瓶の事情を見抜かれたのかと思って紗雪はギクリとした。三十代にも見えるし、五十代と言われても納得がいくような、そんな得体のしれない風体だ。

「お、お茶をお持ちしますね」

慌てて勝手口のほうに回って、紗雪は台所に一旦逃げ込んだ。津々良は気にしなくていいと言っていたが、やはり花瓶を普通の状態に戻してしまったことは気まずい。だが、何となくあの老婦人を雨宮に引き合わせなくてよかったと感じる気持ちもあった。

あの老婦人は花瓶を曰くつきのものにしたかったわけではなく、ただずっと花を愛でていたかっただけだ。本当に花が好きで、死んだら花の世話ができなくなることが心残りで、それで花瓶に憑いてしまっていたのだと紗雪は感じた。

だから、花が枯れない花瓶だと面白がって彼女が連れて行かれてしまうのは、紗雪としてはいい気分にはならない。そう考えると、昨夜彼女が紗雪の言葉で旅立つことを決めてくれたのはよかったのだろう。

「お待たせしました」

お茶の支度を整えた紗雪は、盆を持って縁側に戻った。雨宮は背中の木箱を傍らに置き、津々良の隣で楽しそうに話していた。

「聞きましたよ、お嬢さん！　あんたが花瓶に憑いてたもんを祓っちまったんですってね！　いやー、たいしたもんだ」

「す、すみません……」

雨宮に怒った様子はないものの、つい反射的に紗雪は謝ってしまった。嫌味でも当てこすりでもなく本気で面白がっているようだが、自分が結果的にあの花瓶から老婦人を除いてしまったのは確かなため、やはり罪悪感はある。

「いいえ、いいんですよ。ああいった商品を売るときに大事なのは逸話なんで。本物かどうかよりも、物好きが飛びつくネタがあるかどうかが大事なんだ」

恐縮する紗雪に、雨宮は本当に気にしていないといったふうに笑った。それを聞いた津々良が「それなら約束どおり持っていってもらおう」と、縁側から立ち上がった。

ちょうどそのとき、敷地内を散歩中の夜船が紗雪に気がついて、早足で駆けてきた。だが、雨宮の姿を見た瞬間、まるで別の生き物に変身したのかと思うほど毛を逆なで、尻尾を膨らませ、全身を怒らせながら「シャーッ」と声を上げた。

「よ、夜船さん？」

「こらこら、黒猫よ。わしを見るといつもその顔をするな。そのせいでわしはお前が本当はどんな顔をしておるか知らんぞ」

驚く紗雪は目に入っていないらしく、夜船は自分に話しかける雨宮だけを視界に入れて怒っていた。鼻の頭に皺を寄せて、鋭い牙が丸見えになるほど口を開けて、最大限に凶悪な顔をしているのが気の毒になってくるほど怒りを表明している。

「夜船、落ち着きなさい。この男はもうすぐ帰るから。そんなに怒ると体に悪いだろう」

花瓶が入っていると思《おぼ》しき風呂敷を手に戻ってきた津々良が、柔らかな声で夜船に呼びかけた。すると夜船は「フウゥ」と息を吐くように静かに唸って、雨宮を一瞥してどこかへ去っていった。

「旦那に免じてここは許すが、次に会ったら容赦しない、ってな顔をしてましたな。いやあ、怖い怖い」

全然怖いなどとは思っていない顔で言ってから、雨宮は受け取った風呂敷を木箱の中に入れて背負った。木箱自体がそれなりの重さがありそうだし、いくら紐をつけていても背負いにくそうだ。

「この木箱は特殊な細工が施されていて、どれだけ強力な曰くつきのものでも、ある程度は抑え込めるんですよ。わしはただの人間なんで、〝本物〟を扱うことがある以上、自衛は大事なんです」

なぜわざわざこんなものを背負っているのか不思議に思って紗雪が見ていると、雨宮が言った。

「ということは、いわゆる〝呪いのアイテム〟みたいなのも扱うってことですか？」

好奇心をくすぐられて紗雪が尋ねると、雨宮は上機嫌な様子で笑った。

「いろいろ引き寄せそうなお嬢さんだ。お嬢さんと仲良くなれば、しばらく商品には困らないかもしれないな。何かあれば、すぐに呼んでください」

そう言って握手を求めて差し出した手を、津々良がぴしゃりと叩いた。それを見て紗雪は、つられて差し出しかけた手を慌てて引っ込めた。

「利害関係にあって付き合いがあるが、深くは関わるな。商売柄、厄まみれの男だ。渡瀬さんも、夜船を見習って自衛しなさい」

「え、あ……はい」

厳しく言われて、紗雪はしゅんとした。紗雪としては、雨宮に対して苦手意識というより警戒心はあったのだが、何も知らないうちからそんな態度を取っては失礼に当たるだろうと、踏みとどまって感じよく振る舞おうとしていただけだった。

道生との出会いがあって、人を見かけで判断して勝手に苦手意識を持ってはだめだと、反省したからこその振る舞いだったのだが、津々良にはそれが軽率に映ったらしい。

「世間は若い娘なんだ、愛想よくしろとあなたに強要するだろうが、本当は警戒しすぎるくらいでいいと私は思っている。へつらわなくていい、堂々としていなさい。堂々とすることと感じが悪いことは違うからな」

「はい……そうですね」

津々良の言葉を聞いて、道生が言いたかったのはこういうことだったのかもしれないと紗雪は理解した。紗雪は弱くて自信がないから、ついおどおどしてしまう。そのおどおどしたのを隠すために、愛想笑いをしてしまう。でもそんなふうに浮かべられた笑顔を見て、快い気分になる人はいないだろう。

それに、そういった態度のせいで付け入られたり、軽んじられたりしてきたのだ。だから、そろそろそんな振る舞いをやめにしなければいけないのだと気づかされた。

「そんなふうに叱らなくても。わしは若い女の子はニコニコしているに限ると思いますがね。『男は度胸、女は愛嬌』って言うじゃありませんか。いやいや、別に旦那を否定する気はありませんが」

ヘラヘラ笑って雨宮は自分の価値観を口にしたが、津々良に鋭い視線を向けられてごまかした。この男を苦手に感じるのは、こういった錆《さ》びついた考えを口にするからでもあるのだろうなと、紗雪は納得した。だが自分の中にも、このような時代錯誤も甚《はなは》だしい考え方と、それを嫌だと感じる価値観が両方とも存在しているのを感じている。だからこそ、自身の振る舞いに時々息が詰まりそうになるのだ。

「利害の一致と言えば、旦那にお願いしたいことがあるんでした」

残っていたお茶を飲み干して、雨宮はサッと立ち上がった。ガマ蛙を思わせるずんぐりとした風貌からは想像できないような、俊敏な動きだった。

「頼み？　そんな立ち去りながらするような頼みに碌《ろく》なものはないと思うが」

「いやいや。長居しちゃ失礼だと思って立ち去りがてら聞いてもらおうってだけですよ。これは——とある妖刀の話なんですが」

おもねるように揉み手をしながら、雨宮は話し始めた。

「それは江戸幕府が開かれ、長く泰平《たいへい》の世が続いていた時代の頃。刀の時代で言えば、新々刀《しんしんとう》と呼ばれるものが打たれた時期の話らしいんですが。あるひとりの刀鍛冶が特別な刀を作ろうと思い立ったそうです」

雨宮の声はよく通り、人を惹きつける類のものだった。津々良の様子から何となく聞いてはいけないものだとわかったのに、紗雪はつい耳を傾けてしまう。

「泰平の世といえば、戦がない。戦がないのだから、刀が活躍する場がない。つまりは江戸時代後期、新々刀の時代ってのは、刀の終わりを意味する時代だったのです。そんな時代の中でその刀鍛冶は、〝本物の刀〟を作りたいと思い至った。そして本物の刀が何かと突き詰めて考えるうちに、〝妖刀〟を作ろうと考えるようになったらしいのです。

妖刀ってのは成るもんであって作るもんじゃないとわしは思うんだが、その刀鍛冶は作れると思ったそうです」

そこで雨宮は、声を落とした。これから怖い話が始まるのだなと、紗雪は身構える。

「刀鍛冶は、取り憑かれたように刀を打ち始めた。何日も何日も、休まず眠らず食事も摂らず、ただ刀を打つことだけに集中していた。そうして完成した刀でその刀鍛冶は……まず妻子を斬った。次に弟子たちを斬った。そして最後は、自分の首を斬って死んだ」

急転直下の展開に、聞き入っていた紗雪は思わず息を呑んだ。雨宮の声色から怖い話なのだとはわかっていたのだが、予想したより物騒な話だった。

「――とまあ、そんな逸話を持つ刀があるらしいんです。多くの人間を斬り殺したその刀は行方知れず。存在自体が眉唾《まゆつば》もんだと思うんですが、もしどこかで話を聞いたり、万が一旦那のところに持ち込まれたりしたら連絡してください。わしが責任持って引き取りにうかがいますんで」

語り終えると満足したのか、雨宮はあっさり帰っていった。

紗雪はしばらく放心していたが、津々良の深々とした溜め息で意識を引き戻された。

「あの男はいつもいつも……厄を置いていく奴だな」

低い声で言う津々良を見ると、本当に嫌そうな顔をしていた。端正なこの顔にわかりやすい表情が浮かぶことはあまりないのだが、今の顔は誰が見ても不快なのが伝わるものだった。

「妖刀って、恐ろしいですね。そんなものが持ち込まれることもあるんですか？」

「うちは拝み屋だからな。ないとは言えないが」

津々良はそこで言葉を切ったが、その後ろには「できれば持ち込まれないでほしい」と続くのだろうと想像できた。

妖刀なんてものが本当にあったら怖いと思いつつも、紗雪はさっき雨宮から聞いた話が気になってしまっていた。

「妖刀を作ろうとして人を斬ったのか、妖刀として作られたから人を斬ってしまったのか……どちらなんでしょう？」

ほんの興味本位で聞いたのだが、津々良は怒った顔をして紗雪を見た。

「私ではなくあなたが興味を持つように話したんだろうな。まんまと乗せられて、本当に不用意な」

「え……すみません」

「あまり深く考えるな。そんな妖刀が本当にあるのかわからないし、あったとしてもあの男のために厄災を呼び込む真似はしたくないだろう？　好奇心を持つなとは言わないが、ああいった者に利用されないようにしなさい」

「はい」

どうやら津々良が怒っているのが紗雪にではなく雨宮に対してだとわかって、少しほっとした。だが、彼がこれほどまでに感情をあらわにするのは珍しいことだ。だから、よほどあの雨宮という男が厄介なのだろう。

「うまく付き合えば利害の一致する悪い相手ではないんだが……自分が利を得るためなら手段を選ばないところがある男だからな。気をつけなさい」

「わかりました」

しっかりと念を押され、紗雪は頷いた。とはいえ、ここのところ怪異譚《たん》や不思議な話に興味が向いている紗雪にとって、先ほどの話から意識をそらすというのはなかなか難しいことだった。

第三章　形あるものに想いは宿る

Ogamiya tsudura
kaikiroku

最近よくあることだが、その日も紗雪は寝不足のぼんやりした状態で台所に立っていた。

これまで何も知らずに生きてきた紗雪は、乾いたスポンジが水を吸うがごとく様々な知識を吸収している。だからそれがオカルト絡みの眉唾ものの巷説《こうせつ》であったとしても、読んだり見たりするとつい止まらなくなって眠るのが遅くなってしまっているのだ。

気をつけて寝坊はしないようにしているが、すっきり起きられないことに変わりはなく、今も大あくびをしながらアジのみりん干しを焼いている。

「おはよう、渡瀬さん。ひどく眠そうだな」

何度目かのあくびを噛み殺していると、台所に道生がやってきた。きちんと着替えているし顔もさっぱりしているが、硬そうな短髪に寝癖がついている。短い髪でも寝癖はつくらしく、どうすれば寝癖がつくのか不思議だが、つくのが難しいぶん直すのも手強いらしく、彼の髪は変な方向に跳ねていることが多い。

「竹本さん、おはようございます。すみません、朝食までまだ少し時間がかかります」

「腹が減って勝手に来てしまっただけだから気にしないでくれ」

気にしないでくれと言いつつも、無意識なのか道生は腹をさすっていた。最近はこれまで紗雪が朝起きてやっていた敷地内の掃除を一部引き受けてくれているため、腹が減るのも早いのだろう。それに、この大きな体を維持するのに一日三食では足りないのではと紗雪は内心心配していた。

「……手伝えば少しは早く食べられるだろうか？」

「そうですね。あとはお味噌汁を作って卵焼きを焼くだけなんですけど」

「それなら、卵焼きを焼くのを手伝おう」

「じゃあ、お願いします。私は庭に野草を摘みに行ってくるので」

山で修行しているというイメージから何となく料理を任せても大丈夫そうだろうと思い、紗雪は勝手口から庭へ出た。

道生にいろいろ教わって以来、庭に生える植物たちをただの雑草だとは思わなくなった。抜かなければ夏のこの時期はあっという間に繁茂して荒れ地と化してしまうだろうが、かつてのように根絶やしにしてやりたいという気持ちはなくなった。

癖の強いものは津々良がなかなか食べたがらないため頻繁に食卓にのぼらせることはできないものの、そうでもないものは黙って食べているのを見る限り、バレてはいないようだ。

今朝の味噌汁の具に使おうと思っているアカザという草も、ホウレンソウと同じ分類の植物のため、湯がいてしまえばそう変わりない。

紗雪はアカザが多く生えている庭の一角に行き、その中できれいなものをふたつかみほど摘んだ。この草は葉の裏の粉っぽいものをよく洗って湯がけば食べられるため、他の野草より格段に調理しやすい。だが、そのくせ他の草と同じようにはたくさん生えていないというのが残念なところだ。

「戻りました……どうしました？」

アカザを手に紗雪が戻ると、フライパンを前に道生がしょんぼりしていた。

「申し訳ない。卵焼き、失敗してしまった……」

「なるほど。これなら大丈夫ですよ」

紗雪がフライパンを覗き込むと、そこには火が少し入りすぎてきちんと巻けていない卵があった。だが、焦げているわけでもないし、スクランブルエッグのようになっているわけでもない。青のり入りで、色もとてもきれいだ。

「このくらいの失敗ならラップで巻いてごまかせるんですよ」

そう言って紗雪はフライパンから卵を救出し、ラップに包んで巻き直した。ラップ越しにキュッキュッと少し力をかけてやれば、まだ温かい状態の卵はくっついてくれる。

「すごいな。生活の知恵だ」

「ネットで見たんです。私もよく卵焼きを失敗するので。津々良さんにはたびたびスクランブルエッグを食べさせてました」

今ではそんなに頻繁に失敗することはなくなったが、それでも不格好だったり火が入りすぎてパサパサしていたりということはまだある。

「切ったらそれなりの見た目にはなりますから。うん、よしよし」

ラップを外して切ってみると、巻きがやや弱いものの卵焼きと呼べる見た目にはなっていた。それを皿に並べてから、味噌汁を作る。

洗って湯がいたアカザと半分にカットしたミニトマトを入れてお湯を煮立たせ、そこに顆粒出汁と味噌を入れたら完成する。朝の味噌汁はとにかく簡単に作れることを重視しているため、こんな感じで丁寧に出汁を取ったり具材にこだわったりはしない。

焼き魚と卵焼きと味噌汁で朝食のおかずとしてはすでに十分だが、昨夜多めに作っておいたひじきの煮物もつけることにする。

「配膳したら食べられますよ」

「よし！　手伝おう」

道生がお盆に載せて一気に運んでくれるというので、紗雪はテーブルを拭いたり箸を並べたりすることにした。紗雪は非力なためお盆を使っても運べる皿はあまり多くはないが、道生は一度にたくさん運べる。そういうのを見ると、留守番のために呼ばれた道生の存在はありがたいものだなと紗雪は思った。

「あ、津々良さん。おはようございます」

ちょうど配膳を終えたところで、津々良がやってきた。今日もその美貌に少しの翳《かげ》りもなく、服装に乱れもなかった。だが、何となく気難しい顔をしている気がする。

「おはよう」

「……もしかして、何かありましたか？」

「すまない、顔に出ていたか。あの寺の住職から連絡があってな。休暇を取ると言っている時期だというのに、駆け込みのように仕事が入るな」

言葉を濁すその様子から、厄介そうな話が舞い込んだことがわかる。〝あの寺〟というのは、もともと紗雪が一番最初に頼った寺で、津々良のところへ行くよう勧めてくれたところだ。

寺や神社にはお祓いをしたい人や清めたいものを持ち込む人が日々やってくるが、そこから津々良のような拝み屋へ行くよう案内されることがあるらしい。その逆で、津々良のところへ持ち込まれたものを寺に引き渡すこともある。簡単にいえば得意不得意の分担ということで、紗雪が抱えていた問題は津々良の得意分野だと住職は判断したようだ。

それが間違っていなかったから、紗雪の今がある。そう考えると、その住職がわざわざ津々良のもとに持ち込もうとしている案件は、彼の得意分野なのだろう。

「一体、どんな話だったんですか？　すごく面倒なことですか？」

紗雪が尋ねると、津々良は少し考え込んだ。

「面倒というより、難しそうな話だと思ってな。住職のところに持ち込まれた人形を見てほしいという話なんだが、人形といえば私より住職の分野だろう。そのことを考えれば、厄介なのは間違いないと考えていたんだ」

紗雪は人形が厄介だということが理解できなかったが、道生はすぐにわかったらしい。

「寺の手に負えないものということですか？　それは間違いなく厄介ですね」

「厄介でないわけがない、というやつだ」

津々良と道生の間には共通の認識があるらしく、ふたりして納得していた。だが、その手の知識はまったく持ち合わせていない紗雪は、首を傾げるしかない。

「あの、お寺が人形を得意としているっていうのは、どうしてなんですか？」

「人形供養というのは聞いたことがあるか？　先ほどは寺といったが、寺に限らず神社も人形供養を請け負っているところが全国各地にある」

人形供養という単語の段階で知識が怪しい紗雪は曖昧な表情を浮かべるしかなく、それを察した津々良が道生に解説するよう促した。

「日本は古くから、形あるものには魂が宿るという考えを持っている。古い道具が妖怪に転じるという付喪神《つくもがみ》の考えもそうだし、自然界に存在する大きな岩などを祀《まつ》って神様とする考え方もそうだ。そんな思想を持っているということは、形あるものを処分するときに多少なりとも罪悪感を持つものだろう？　そこで人々が必要としていたのが、〝魂抜き〟という儀式だ」

道生の説明に、紗雪はぽんと手を打った。

「それなら、聞いたことがあります。お墓とかお仏壇を処分するときに、してもらうものですよね？」

「そうだ。墓や仏壇のように先祖を供養するために使っていたものを、一般的なゴミのように捨てることはできないだろう？　罪悪感が生まれるからというのももちろんあるが……障るときは障るからな。そういったことを防ぐために〝魂抜き〟が必要となる。〝御霊浄め〟や〝閉眼供養〟などと呼ばれることもある」

「人形供養は、その人形バージョンということですか？」

道生の解説により、紗雪はようやく話の概要が理解できてきた。

「そういうことだ。人形供養は、年中行事として年に一度盛大に行うところもあれば、一年中いつでも個別に受け付けているところもある。そのくらい、人形供養というのはこの現代においても身近だということだ」

解説役を引き受けた道生は、そう言って話を締めくくった。

「あの寺が人形供養を専門として請け負っていないのはわかっているが、それなら知り合いの寺社に話を持っていくのが筋だろう。拝み屋の仕事ではないとは言わんが、休暇前の私のところに持ってくる話でもない」

「つまりは、素直に魂抜きされてくれる人形ではないってことではないですか？　暴れる人形なら、俺の出番ですね！」

物騒な話の流れになったのに、道生は俄然気合いが入ったようだ。暴れる人形と聞いて、紗雪は昨夜夢中になって見たホラーゲームの動画のことを思い出す。

「津々良さんたちも、怖い人形と戦うことがあるんですか？」

「また興味津々な顔をして……戦うといっても、私はそんなに派手なことに巻き込まれたことはないな。だが、人形による厄介な話はたくさんある。それこそ、日本と言わず世界各地にな」

水を向けても津々良は道生のようには話してくれないらしい。紗雪が少し不服そうにしたのがわかったのか、津々良は軽く溜め息をつく。

「人形の怖い話を欲するのなら、それこそ有名な映画があるのだから見るといい。海外の作品であっただろう。邪悪な魂が入り込んだ人形が暴れるというやつが」

「それなら聞いたことあります。えっと……ジャッキー？」

自信満々で紗雪が言ったことで、津々良と道生が固まった。だが、しばらくして道生が笑いをこらえ、津々良が深々とした溜め息をついた。

「それは、カンフースターかくまの子だな」

紗雪の間違いによって場が和んだところで、朝食を食べる流れになった。


紗雪たちが朝食を終えると、少し経ってから住職はやってきた。

住職は手に小さめの風呂敷を抱えていて、出迎えた紗雪はそれが例の人形かと身構えた。だからといって何かを感じ取れるわけではないのだが。

「いらっしゃいませ」

「おお、渡瀬さん。すっかり馴染みましたね。落ち着かれたようでよかったです」

「おかげさまで」

住職を頼ったのがブラック企業での勤務と度重なる周囲の不幸とでボロボロになっていたときだったから、彼はその後も顔を合わせる機会があるたびに紗雪の無事を喜んでくれる。

あのときの紗雪は生き方というか生きる姿勢がめちゃくちゃで、抜け出す力もないほど弱っていたから、今は見違えた姿に映るだろう。津々良と出会ったおかげだから、その縁を繋いでくれた住職にも感謝している。

「応接室へどうぞ。お茶をお持ちしますので」

「いえいえ、おかまいなく」

玄関をあがってすぐの応接室に住職が入っていくのを見届けて、紗雪は張り切って台所へ行った。

前の職場にいたとき、コピーやお茶くみをはじめとした様々な雑用を押し付けられてきたが、ここへ来てからその経験がとても役に立っている。上司に嫌味を言われないために必死で身につけたおいしいお茶を入れるスキルのおかげで、紗雪の淹れるお茶は誰に出してもおいしいと言われる。そういった特技を当たり前に褒めてもらえることも、仕事を辞めて津々良のもとに身を寄せてよかったことのひとつだ。

「お待たせしました。……ん？」

家にある一番良い茶葉で丁寧に淹れたお茶を運んで応接室へ行くと、テーブルの上に人形がちょこんと座っていた。それは女の子がよく遊ぶ着せ替え人形で、紗雪も子供のとき持っていたものだ。そのかわいらしい人形を挟んでふたりの男性が向かい合って座っているというのは、何とも不思議な光景だった。

「かわいい子ですね。でも、私が持っていた子より少し体が小さいような？　あ、お顔もちょっと違う。もしかして、古い時代のものなのかな……」

住職と津々良にお茶を出しながら、紗雪はつい気になってその着せ替え人形をじっと見てしまった。大きくて長い睫毛に縁取られた目と茶色の緩く波打つ髪が懐かしいが、その体形と顔立ちは思い出の中のものとは若干異なっている。

「わかりますか。どうやらこの子はこのお人形のシリーズの初代と呼ばれた子で、今の市場に出回っているものは四代目だそうですよ」

「やっぱり！　初代ってことは、五十年くらい前のものですか？　大事にされてるんですね」

とてもそんな何十年も前の人形だとは思えず、その状態の良さに紗雪は驚いた。もしこの人形を手に入れようと思ったら、おそらくオークションを勝ち抜くしかないだろう。もしくは古物商かどこかで見つけて買うかだが、どちらにしても決して安くはないはずだ。

「渡瀬さんも、人形に関心があるのだな。そんなに興奮するなんて」

津々良に珍しいものを見るような目を向けられ、少し子供っぽかっただろうかと紗雪は恥ずかしくなった。だが、大人になったからといって人形をかわいいと思う感性がなくなるわけではないと感じている。

「私もこのお人形を持っていたんですけど、小学校高学年になったときにいつまでもそんなもので遊んでいてはいけないって、母が親戚の子供にあげてしまって……それ以来、成長してからもこの手のお人形が気になって。お人形がほしいのか、手放してしまったあの子が気がかりなのか、よくわからないんですけど」

紗雪が言うと、津々良も住職も顔を曇らせた。なるべく重くならないように気をつけて言ったつもりだったが、ふたりはいろいろ感じ取ったらしい。

「あなたの母は罪作りなことをしたね。玩具《おもちゃ》とはいえ子供の持ち物を勝手によそへやってしまうなんて」

「もらわれた先で、そのお人形がかわいがられていると信じるしかありませんね」

そう言ってふたりはまた、神妙な顔をして人形に視線を戻した。ふたりがそんなふうに見つめるから紗雪も人形を見てしまい、それであることに気がついた。

「大変！　この子、手や足に泥がついてますよ。どうして汚れちゃったんだろう……かわいそう」

「これは、人形が自分でやったことなんですよ。誰かが汚したわけではなく、うちから逃げ出そうとして庭へ出て、それで汚れたみたいで」

「逃げ出そうとした？」

目の前の着せ替え人形は無邪気なかわいらしい顔をしているが、寺から逃げ出そうとしたということは、そういった曰くつきの人形ということになる。とても何かするような恐ろしい人形には見えないのに。

「住職さんは、この子が逃げ出そうとしているのを見たんですか？」

「いえ、私は何も……。ただ、預かった品を庭に捨ててしまう者はうちの寺にはおりませんから、状況からして自分で動いたのだろうと判断しました。ご依頼主も、『動く不気味な人形だ』と言ってうちへ持ってこられましたから」

住職は困った顔で人形を見つめた。対処しかねているのが、その顔を見ればわかる。

「もともとこの子は、あるご夫婦から預かったものなんです。ご主人のお母様の持ち物らしいのですが、勝手に動いているみたいで不気味だと。そのお母様は認知症が進んでいるそうで、ただでさえ心配なのに危険な人形を近くには置いておけないということで持って来られました」

「この子が……？　本当に動けるんですか？」

住職が冗談を言うわけがないということはわかっているのだが、紗雪はすぐに飲み込むことができなかった。何となく、その手の不気味な人形といえば日本人形が多いイメージだったのだ。髪が伸びるのも動き回るのも、日本人形のほうがしっくり来る。

それに、この手の着せ替え人形は専用のスタンドがなければ立つことさえできない。歩いて動くのはなかなか難しいことのように思える。

「それで、この子は動いてどんな悪さをしたんですか？　悪い子そうには、見えないんですけど」

「ご夫婦の話では、ただ動いただけみたいですね。飾り棚に戻しても、テーブルの上やソファにいることが多いそうで」

「それの……何がいけないんでしょう？」

着せ替え人形の顔がかわいらしいことや子供の頃に遊んだという記憶から悪いものだと思えないからかもしれないが、紗雪にはこの人形の行動の何が問題なのか本気でわからなかった。

何か物を壊したり怪我をさせられたりということがあれば、それは実害があると言えるだろう。だが、ただ家の中を好きに動き回ることの何がいけないのかはわからない。

それを不気味だと思うのは個人の感覚の違いだろうが、だからといって寺に持ってくるというのも違う気がして、何だかもやもやしていた。

「依頼人の母が動かしているということは？　人形で遊んで、そのまま片付けを忘れたとか」

考え込んでいた津々良が、そんなことを言い出した。

「そう考えるのが、妥当ですよね。ですがとにかく怖い、気味が悪いとおっしゃるので、ひとまず人形を預かった次第で。そうしたらこの子が逃げ出してしまって、うちとしてもどうしようかと津々良さんのところに持ってきたというわけです」

「なるほどな。本当に動く人形だったからこそ、住職はどうしたらいいか判断できなくなったと。何もなければ魂抜きして依頼人にお返しするなり、譲渡先を探すなりできるが、本当に動くようではそれもしづらいからな」

「そういうことです。私としては、人形の意思を探りたいなと。ものだからといって人間が勝手に判断するのは乱暴ですから」

交わされるふたりの会話を聞きながら、紗雪は改めて人形をじっと見ていた。紗雪の目ではこの中に魂みたいなものが入っているのかは判別できないが、何となく気配のようなものは感じることができる。その気配は恐ろしいものではない。だが、所在なげな子供のように不安そうなものは感じ取ることができた。禍々《まがまが》しさや恐ろしさのような、悪いものは感じなかった。

「……この子、帰りたいんじゃないですか？　だって、持ち主に黙って連れてこられたんでしょう？　それなら、きっと帰りたいんだと思うんです」

人形を何とかしてやりたいと考えるうちに、紗雪はそんなことを言っていた。プロふたりが話していることに口を出すのは違うとわかっていても、どうしても人形の肩を持ってやりたくなったのだ。

「帰りたい……なるほどな。逃げ出そうとしたのではなく、帰ろうとしたわけか」

「勝手に連れ出されたのなら、帰りたくもなりますよね」

人形の行動の目的については、三人とも意見が一致した。だが、それで話が解決するわけではなかった。

「帰りたがっているから『はい、そうですか』と帰してやるわけにもいかんな。その前に、依頼人から私も詳しく話を聞かなければ」

津々良は、人形をじっと見て言う。人形の表情は変わらないが、きっと落ち着かないだろうと紗雪は見ていて感じた。

「この子は……まだ家には帰せませんよね。でも、ここでお預かりするにしても、この泥は落としてあげないと」

このままにしておくのは忍びなくて、紗雪は住職に断ってから人形についた汚れを取ってやることにした。布を濡らしたものを取ってきて、手足の泥を拭ってやる。本当なら服も脱がせて洗ってやりたかったが、替えの服がない状態で脱がせるのは気の毒で、結局軽くはたいて乾いた泥を落としてやるに留めた。

「依頼人の家に行くことは可能だろうか」

「こちらから連絡しておきます。詳しく話を聞くことができれば、この人形が何をしたいのか、どうしてやったらいいかもわかるかもしれませんからね」

津々良が動くことを決めたからか、住職もほっとした様子だった。

朝食の席で聞いた話から考えると、寺社に持ち込まれた人形にしてやれることは、魂抜き――器に宿った想いを取り去り、鎮めてやることだ。だがきっと、住職はこの人形に対してそれをしたくなかったのだろう。だから、津々良のもとに持ち込んだのだ。

そして津々良も、わざわざ依頼人のもとへ出向くと言っている。それは彼も、この人形を悪いようにしたくないという思いがあるからに違いない。

「きっと、大丈夫だからね」

人形を安心させてやりたくて、紗雪はそう声をかけた。

住職から連絡を入れてもらったものの、都合が合わず、その日のうちに依頼人である田上《たがみ》氏のもとを訪れることはできなかった。だが、その代わりに電話でやりとりすることができたのだが、通話を終えた津々良の様子を見る限り、あまりうまくはいかなかったようだ。

「とにかく『あの人形は悪いものなんです！　早く処分してください！』の一点張りだった」

「お疲れさまです」

受話器を置いて溜め息をついた津々良に、紗雪は労《ねぎら》いの言葉をかけた。だが何となく、彼は疲れているのではなく気がかりなことがあるのだろうということは感じ取っていた。

「何か、問題がありそうなご家庭だったんですか？」

「そうだな。電話の相手は田上夫人だったのだが、非常に気持ちが苛立《いらだ》っているようだったし、通話中何度か雑音が入った。そういった音が入るのは、おそらく家に何かよくないものがいるということだろうな」

「……それは、お人形とは別の問題が田上さんの家にあるということですか？」

問題の人形は今、道生が部屋で監視している。つまり、田上家に人形はないのに電話中に何かの干渉を受けたということは、別のところに原因があると考えたほうがいいのだろう。

「家に行ってみるまではわからないが、明日訪ねることになったから、そのときはっきりするはずだ」

「わかりました」

ひとまず、人形に関して今日できることはないらしい。

気がかりではあるが自分にできることはないと思い直し、紗雪は夕飯の支度に取りかかることにした。

今夜の夕飯は道生からのリクエストで夏野菜カレーを作ることになっている。オクラやピーマンを素揚げにしてトッピングするから、具材は肉とタマネギだけというシンプルなものだ。

朝ほどではないものの、夕方になってもまだ寝不足を引きずっているから、簡単に作れるメニューで助かった。

「まだ眠たそうだな」

「竹本さん」

出来上がった料理を盛りつけようと皿を準備しながら大あくびをしていたのを、台所にやってきた道生に目撃されてしまった。

「あのお人形はどうしてますか？　見ていなくて大丈夫ですか？」

恥ずかしいのをごまかすために、紗雪は預かっている人形のことを尋ねた。それにやはり、家に帰りたがっている人形のことは気になる。

「少し早いが、寝てもらっている。タオルを重ねて布団のようにして、そこで寝るよう丁重に説得してきたから大丈夫だと思うが。一応、部屋を出るときに障子に札を貼ってきたしな」

「布団で寝かせて、部屋の外に御札……」

丁重な扱いなのかどうか微妙だなと思いつつも、勝手に出歩かせない対策としては仕方がないとも思った。それに、佐田に連絡して人形のことを話したら、明日洋服や小物などを持ってきてくれることになったから、ひとまずは道生がした対応で済ませておくしかないのだろう。

「そういえば、何をしていて寝不足になったのだ？」

せっかく話題を変えたのに、道生はまだ紗雪が眠そうなのが気になるらしく、水を向けてきた。

「昨日は、怪談の朗読動画を見たあとにホラーゲームの実況動画を見つけてしまって、試しにと思って見始めてしまったらやめどきがわからなくなってしまったんです……」

「動画？　ゲームの実況？」

「えっと、動画っていうのは、動く画像に音声や音楽を合わせたもので、最近は一般の人が自分で動画を作ってたくさんの人に見てもらうための場所がインターネット上にあるんです」

　そういえば道生はほとんどの時間を山で生活しているのだったと思い出し、俗世のことについてどう説明しようかと紗雪は思案した。だが、生まれてからずっと山にいるというわけではなく、子供の頃はごく普通に暮らしていたため、昔からある言葉に置き換えて説明するとそれなりに理解してもらえたようだった。

「なるほどなあ。ゲームは自分でやるのが一番楽しいと思っていたが、そういえば友達の家に遊びに行ったら、必ず見ているだけの奴もいたな。あんな感じか」

「そうですね。私は自分でやるより人がするのを見ていたいタイプですし、ホラーは自分でやる勇気はないので」

　昨夜、人がプレイしている動画を見ただけでも怖くてたまらなかったから、きっと自分でコントローラーを握ってやるとなれば、静まり返ったこの家の中に悲鳴を響かせるに違いない。

「そのホラーゲームとやらは、どんな内容だったんだ？　怖がりつつも見てしまうだなんて、面白いものだったのだろう？」

「ある女性の魂を連れ帰るために洋館へやってきた主人公が、走って逃げる呪われた人形を追いかけて処分するという内容で……」

紗雪はせっかくならと、昨夜夢中で見たゲーム動画の内容を説明した。だが、動画を見ている最中はものすごく怖いと感じていたはずが、自分の口が語るのを聞くとちっとも怖くないということに気がついてしまった。おまけに、修行をして拝み屋の手伝いをしているからか、道生が怖がるわけがないのだ。

話しているうちに段々と昨夜あんなに怖がっていたことが恥ずかしくなってしまって、紗雪の声は小さくなっていった。

「人形が動いて襲いかかってくるなんて、フィクションだってわかってるんですけど」

「いや、あるらしいぞ。俺はないが、聞いたことがある」

「えっ」

強がりで言ってみたことに意外な答えを返されて、紗雪は驚いた。本職の人にしてみたらフィクションのホラーなんて笑われてしまうかと思ったが、そういうわけでもないらしい。

「ある村で殺人事件があって、その現場から人間のものとは思えない血に濡れた小さな足跡が続いていた。そして調べてみるとその村にある古い蔵から、厳重にしまわれていた人形がなくなっていた……なんて話も知り合いから聞いたことがあるからな」

「は、犯人はそのいなくなった人形ってことですか？」

「状況からはそうなるんだろうな。御札で封じられていた人形がなくなったということで、その話をしてくれた俺の知り合いも必死で探したらしいが、未だ見つかっていないらしい。小さな血の足跡は、村境の森のところでぱったりと途切れていたそうだ」

「そんな恐ろしい人形が、まだどこかに……」

ゲームよりも怖いその話に紗雪は震え上がった。こんなふうにさらりと話す内容ではない。だが、怖いと思いつつも、この手の話は好奇心をくすぐるのも確かで、紗雪の目に浮かぶのは恐怖だけではなかった。

「竹本さんは、何か人形にまつわる怖い体験ってないんですか？」

面白い話があればと思って尋ねると、あっさり「あるぞ」と返された。

「世話になっていた寺に、髪が伸びる人形が持ち込まれたことがある。俺もこの目で見たが、本当に伸びるんだ」

「すごい！　髪が伸びる人形といえば、定番ですね」

体験談としてよく聞かれる髪が伸びる人形の話に、紗雪はつい興奮した。しかも伝聞ではなく体験した本人から直接聞けるのだから、これまでの話とは期待値がまったく違う。

「それで、髪が伸びる人形はそのあとどうなったんですか？　止まることなく伸び続けたんですか？」

「伸び続けたな。髪が伸びる以外に異変もなく悪さをするでもなかったから寺で預かって様子を見ていたのだが、毎日せっせと髪を伸ばしていた。そして最後には、抜けてしまった」

「え？　抜けた？」

まさかの結末に、紗雪は思わず声を上げてしまった。髪が伸びて不気味だという話はよく聞くが、最終的に抜けてしまったという話は初めて聞いた。そしてその絵面を想像すると恐怖よりも、おかしさを感じてしまう。

「不可思議な現象で抜けたのか人形の作りの甘さで抜けたのかはわからんが、髪がなくなった姿から剃髪した、つまり出家したというふうに捉えられて、以来その寺で大事にされているらしい」

「人形が出家……」

「住職の知り合いが頭巾と袈裟《けさ》を作ってやって、小さな坊様みたいな姿で寺の関係者たちにかわいがられているそうだ」

「なんだろう……いいお話ですね」

不可思議な現象を起こしても祟《たた》る人形ばかりではないと知ることができて、紗雪の中で少し恐怖が薄れた。人に近い形をして、人の近くにある存在だ。こんなふうに少しほっこりする話があるのもいいなと思う。

「あのお人形も、悪い人形じゃないと思うんですよね。それを、わかってもらえたらいいんですけど」

盛りつけた皿を食卓に配膳しながら、紗雪は預かっている人形のことを考えていた。


次の日、津々良と紗雪は車を走らせ、依頼人である田上氏の家へと向かった。

指定された住所を頼りにたどり着いたのは、手入れの行き届いた一軒家だった。

「わざわざ来ていただいてすみません。今日は母がデイサービスに行っているので、ゆっくりお話ができます」

そう言って出迎えたのは、感じのいい中年夫婦だった。だが田上氏はどこか落ち着かない様子だし、夫人のほうはあきらかにやつれていた。それらの原因なのか、家の中には異様な気配というか雰囲気がある。人形はここにはいないから、何か別のものの気配だ。

「日頃お母様の介護をされているのは、奥様ですか？」

介護疲れの可能性を気にしたらしく、津々良がそう尋ねた。すると夫人は少し悲しげに首を横に振った。

「義母《はは》は、大変な介護が必要なほどではないんです。週に一回のデイサービスも、体が衰えないようにという本人の希望と気晴らしを兼ねているので」

「それでも、家族の世話をするのは大変でしょう」

「大変というより、心配で。最近は、本当にどんどん子供みたいになっていって……しっかり者だったお義母《かあ》さんがあんなふうになってしまったのは、あの人形のせいじゃないかって気がするんです」

夫人はそう言って、苦しそうにした。人形を悪く言うのは気になるが、それほどまでに義母のことが心配なのだろう。

「人形が動くようになったのは、いつ頃のことですか？」

「半年くらい前からです。……見ていただいたほうがいいですよね。こんな話、普通なら信じられませんから」

田上氏に水を向けると、苦笑いをしてノートパソコンを操作した。

「何か、映像があるんですか？」

「住職さんにはお見せしなかったんですが、必要になるかもしれないと思い、撮影していたものがあるんです。人形に気づかれてはいけませんから、ペットを見守るときなんかに使われるカメラを購入して、それをリビングにしかけておいたんです」

津々良も紗雪も人形が動くことは微塵《みじん》も疑っていないのだが、氏はどこかで認めたくない様子だ。

「本当ならば、こんなものをお見せするのは嫌なんです。私たちはただ、あの人形を義母から引き離したかっただけなので。……おかしなことをしているなんて、思わないでくださいね」

監視カメラを仕掛けていたことに引け目があるのか、それとも映像に細工していると思われたくなかったのか、田上夫人は苦々しい表情で言った。

そのことには何も答えず、津々良は田上氏が示したノートパソコンの画面を見つめていた。

「これが……」

画面に映し出された映像を、紗雪と津々良はじっと見た。ペットの見守り用のカメラで撮ったというそれはやや画質が粗いものの、リビングのテーブルとソファのある一角を映しているのがわかった。

「少し飛ばします」

なかなか問題の場面が始まらないため、田上氏が映像を少し進めた。すると、テーブルの上を移動するあの人形の姿が映っていた。

人形は、その二足歩行するにはあまり向いていない体を懸命に動かして、テーブルの上をトコトコ移動していく。そして、テーブルの上に置いてあった箱を開くと、中から紙袋を引っ張りだしてきた。

「これ、処方薬の袋ですね」

「そうです。母が病院でもらうものです」

紗雪が指摘すると、田上氏がすぐに答えた。画面の中では、人形が小さな手で複数の薬を並べていた。まるでコマ撮りアニメを見せられているようだ。

「この人形、こうして度々薬にイタズラするんですよ……」

そう夫人が苦々しく言うのを聞いて紗雪は首を傾げたが、津々良に促されて画面に意識を戻した。

そのあと、やってきた老婦人がテーブルの上の薬を見て、思い出したというように水を手に戻ってきてそれを飲んでいた。人形は、その場で動かなくなっている。

「これ、お人形のおかげで薬の飲み忘れが防がれましたね」

「それは、そうなんですけど……」

紗雪が言うと、田上氏も夫人も頷いた。だが、納得がいかないというようにパソコンを操作して別の映像に切り替える。

「これは、別の日の映像です」

次に映し出された映像には、何かを探すように部屋の中を動き回る老婦人の姿が映っていた。老婦人——田上氏の母は、困ったように何度か部屋の中を行き来してから、カメラの枠外に消えた。その後、また人形がゆっくりと映り込んでくる。その手にはポーチのファスナーの引き手部分が握られており、人形は自分の体より大きなポーチを引きずって運んでいるのがわかった。そして頑張ってソファまで運んで、力尽きたように動かなくなった。

その後、部屋に戻ってきた田上氏の母がポーチを見つけて喜んでいる様子が映っていた。それを見て、紗雪は確信する。

「この子、イタズラしてるんじゃないと思います。きっと、お母様の手助けがしたいんじゃないですか？　さっきのは、薬の飲み忘れをしないように出してあげていて、今のは捜し物を見つけてあげたんだって思うんですけど……」

　信じられないというような目を向けられて、紗雪の声はだんだんと尻すぼみになった。人形が動くのは、普通に考えれば不気味なことだ。だから、そんな動く人形の肩を持つというのは、依頼人からしてみれば普通ではないのだろう。

　だが、どれだけ怪訝に思われても、紗雪はこの人形を不気味で悪い存在だとは思えなかった。

「この人形は、引き離したところでどんな姿になっても、お母様のところに戻ろうとするでしょうね」

　じっと映像を見続けていた津々良が、静かにそう言った。それを聞いた田上夫妻は、やはりそうだろうと言わんばかりに大きく頷く。

「そんな気がしてました。でも、それじゃ困るんですよ。この半年、どんどん母は悪くなるばかりで……このままだと人形のせいで、母がすっかり衰えてしまう」

「私は医者ではないからわかりません。しかし、お母様の衰えと人形は関係ないと思います。人間を祟って怪我をさせたり死に至らしめるならまだしも、衰えさせる意味は？　それに、この人形の行動からはそんなことは読み取れませんが」

「え？」

　津々良は人形ではなく自分たちの肩を持つと考えていたのだろう。田上氏はひどく驚いていた。だが、津々良はそんなことには構わず言葉を続ける。

「うちの助手が言うように、この人形はおそらくお母様の手助けをしているつもりです。イタズラが目的ならわざわざ飲み忘れた薬を出す必要はないし、捜し物を見つけてきて目につくところに運んでくる必要もない。この人形は、実に献身的ですよ。だからこそ、寺に預けようがゴミとして捨てようが、きっとどんな姿になっても帰ってくるだろうと私は言いたいんです」

「そんな……」

津々良にわかりやすく説明されてもまだ納得できないようで、なおも田上夫人は食い下がろうとした。だが、言葉は続かない。

「でも、本当に人形が動くようになってから義母はおかしくなってしまったんですよ」

「逆ではありませんか？　お母様に認知症の症状が出始めたから、心配で人形は動くようになった――そう考えて映像を見ると、健気に思えてきませんか？」

「それは……」

「でも、人形が悪いんじゃなければ、お義母さんはどうして認知症なんかに……人形が原因じゃないとしたら、私たちが悪いって言うんですか？」

津々良に言われて、田上夫妻は考え込む様子を見せた。だが、どうしてもすぐには納得することができないのだろう。彼らにとっては、動く人形は不気味なもので、そのせいで母親が認知症になったと考えたいのかもしれない。そうでなければ自分たちに責任があるのではないかと思えて苦しいから、人形を悪者にすることで気持ちを楽にしたかったのだろう。

彼ら夫妻が母親を蔑《ないがし》ろにしているわけではなさそうなのは、家の中を少し見ればわかった。家の至るところに手すりが取りつけられているし、床も段差がほとんどない。それにカメラの映像を見る限り、母親の部屋はどうやらこのリビングの隣のようだ。それを見て紗雪は、安全面と過ごしやすさを考えられていると感じていた。

「人形のことで私が提示できる選択肢はふたつです。ひとつは、あなた方がお母様と暮らすのを諦めることです。どこか施設に預けることにして、そのとき人形も一緒に持たせればいい。そうすれば、この家で人形が動き回るという怪奇現象は終わります」

飲み込めない様子の田上夫妻に、津々良は平然と言ってのけた。そんなことは彼らが受け入れないことはわかっているだろうに。

案の定、田上氏も夫人も、悲壮な表情で首を激しく振った。とうてい受け入れられないと、そう言いたいらしい。

「できません。もし、本当に大変な介護が必要となる日が来たら、プロの手を借りることはあるかもしれません。でも、できることなら母にはこの家で最期まで過ごしてほしいんです」

「姑と嫁って、うまくいかない家もあるって聞くのに、お義母さんは私によくしてくれました。私は自分の母と折り合いが悪いから……私、お義母さんを守りたかっただけなんです。だから、人形がもし悪いものなら何とかしなくちゃって思って……今は手伝いをしていても、そのうち人形がお義母さんに悪さをするかもしれない……そう考えたら、怖くて」

田上氏はこらえていたが、夫人は泣きそうになっていた。それほどまでに、義母への思いが強いのだろう。

もし彼らが母親を蔑ろにしているのならと心配していた紗雪は、ふたりの言葉を聞いて安心した。それは津々良も同じだったらしい。

「それなら、選択肢はもうひとつある。あの人形との暮らしを、受け入れることです。あの人形は、おそらく五十年くらい前のものです。それなのに驚くほど状態がいい。つまり、お母様は子供のときからあの人形を大事にしてかわいがってきたということ。慈しめば、人形も人に想いを返すといういい例なのではないでしょうか。お母様に倣《なら》ってあの子を大事にすれば、悪いようにはならないはずですよ」

津々良に言われて、夫人はついに泣き崩れた。それを支えるように田上氏が肩を抱いた。

「人形のことは心配ないと言えるのですが、この家には別の問題がありますね」

津々良がそう言うと、泣いていた田上夫人も田上氏も、怯えるように顔を上げた。一体何に気がついたのだろうと、紗雪も身構える。

「渡瀬さん、今見てみて、何か気がついたことはないか？」

「え……はい」

これは「見てみなさい」ということだとわかり、紗雪は慌てて目を閉じた。目を開けて見えないものは、目を閉じて見てみるしかない。

目を閉じて内の目で見るよう神経を集中させてみると、うっすら明るい瞼の裏に淀みのようなものが浮かび上がった。明るいのが部屋全体だとすると、部屋の隅に淀みがあるような感じだ。

「あの、これ……盛り塩？　これが、少し気になったのですが」

もう一度目を開けて確認してみると、部屋の隅に小皿に盛られた塩があった。おそらくそれが、内の目で見たときの淀みだと、紗雪はあたりをつけた。

「人形がきっかけだったか、もしくは別のものがきっかけだったか、田上さんはこの家で何かを怖いと感じたのではありませんか？　それで家に何かがいると思い込んで、どうにか対処しようと盛り塩をしたというところでしょうか」

紗雪に頷いてみせてから、津々良は田上夫妻に問いかけた。尋ねられた夫妻は、驚いたように顔を見合わせる。

「そ、そのとおりです。何かいるような気がして、それと時を同じくして母が認知症を発症し、人形が動き始めたので……やっぱり、何かいるんでしょうか？」

すっかり弱りきった様子で田上氏は津々良に尋ねた。だが、津々良は考え込んでから首を振った。

「いるようになった、というのが正しい気がします。初めは気のせいだった。だが偶然よくないことが重なって、その思い込みを増強させてしまった。何かいるという恐れは、よくないものを招き、引き寄せます。その上、こんなふうに盛り塩をしたのでは、そのよくないものを閉じ込めるようなものなんです。盛り塩は、正しい手順でやらなければ守るどころか害になるので」

「それじゃあ……塩をどうにかすればいいんですか？　そうすれば、家の中の変な雰囲気もどうにかなりますか？」

津々良の説明に、田上氏は必死になっていた。きっと、恐ろしいことから逃れたい一心だったのだろう。人形を悪いものだと思い込みたかったのも、家に何かいると思って盛り塩をしたのも、この家や家族を守りたかったからだ。

「盛り塩を処分するのはもちろんですが、まず必要なのはあなた方の心から恐れを取り去ることですね。現実に、恐ろしいものはいます。ですが、人の心が何もないところに何かを生み出し、恐怖心でもってそれに力を与えてしまうこともある。だから、もう大丈夫だと思えるように祓い清めましょう。──私の声に耳を傾けてください」

津々良は田上夫妻を落ち着かせるように言ってから、何か唱え始めた。経ではなく、祝詞《のりと》の響きに似ている。よく響く低い声で唱えられるのを聞くうちに、この場に清らかな空気が満ちていくように紗雪は感じた。それは田上夫妻も同じだったらしく、目を開けたときには表情から暗いものがなくなっていた。

「これで、もう大丈夫でしょう。今後はよく掃除と換気をして、なるべく家の中に日の光を入れるようにしてください。大変だとは思いますが、あまり思いつめないように」

津々良の言葉に大きく頷いてから、何かに気がついたように田上氏が不安そうな顔をした。

「人形がいなくなったことは、母も気がついているんです。それで、あの人形は今？」

人形との生活を受け入れると決めた今、人形の所在や状態が気になったのだろう。そんな彼を安心させるために、津々良に代わって紗雪が口を開いた。

「お寺は嫌だったみたいなので、うちで丁重に客人としてもてなされています」

キョトンとする田上夫妻に、紗雪は出発前にスマホで撮った人形の写真を見せた。

そこには、道生と佐田に世話されて小さなティーパーティーの主役になった着せ替え人形がいた。


それから何日かして、田上夫妻からドールハウスで楽しそうに遊ぶ母親の写真が送られてきた。ドールハウスの中にいるのは、もちろんあの人形だ。

そのドールハウスは佐田から寄贈されたもののため、紗雪は送られてきた写真をすぐに彼女に見せた。彼女は人形を見てすぐ気に入って、「帰るところがないなら連れて帰りたいくらいかわいいわ」と言っていたから、顚末を報告するべきだと思っていたのである。

「あの人形、幸せそうにしてますよ。お母様も、お人形遊びを思いきりできるようになって楽しみを思い出したみたいで、服を作ってあげようと裁縫もまた始めようとしてるそうです」

「あら、本当に楽しそう。うちの娘たちのお人形の服も、まあまあサイズは合っているみたいでよかった」

台所でぬか床の手入れをしていた佐田は手を洗って、紗雪のスマホを覗き込む。その顔には柔らかな笑みが浮かんでいるが、少し寂しそうだった。

「この前、道生くんと一緒にこの子をおもてなししたじゃない？　本当に何十年ぶりかのお人形遊びで、楽しかったのよねぇ。……この子がもとのお家に帰れたのは、いいことなんだけど」

紗雪と津々良が田上家に行っている間、最初は逃げ出さないようにと道生が見張っているつもりだったのだが、人形の洋服や小物を持って仕事にやってきた佐田がそれを知って、急いでティーパーティーの手配をしてくれたのだ。

佐田は自分の子供が小さいときに遊んでいたというドールハウスと食器と、昔手作りしたという服を持ってきてくれた。おかげであの人形は留守番中にきれいな服に着替えることができ、お茶会をして待っていることができた。

そのためか、紗雪たちが帰宅する頃には所在なさや不安そうな様子はなくなり、少し満たされた顔をしているように感じた。それを見て、人形はやはり遊んでもらってこそなのだと思ったのだ。

「もし田上さんたちがあの子を家に置いておけないってことになったら、佐田さんのお家で暮らしてもらうことも考えてたんですけど……」

「捨てられてしまうのなら、かわいそうだものね。でも、いいのよ。人形の持ち主のところにいられるのが一番だもの」

笑って平気そうにしてはいるが、やはり残念なのだろうなと紗雪は思う。佐田はあの着せ替え人形を引き取ることはやぶさかではなかったのだから。

田上夫妻があの人形を手もとに戻すことに決めて引き取りに来たとき、佐田はお古のドールハウスなど一式を持たせてやったのだ。そのおかげで、田上氏の母親には人形はいなくなったのではなく、数日間遊びに行っていたという話を通せたそうだ。

人形が母親を心配して動き出さなくてもいいように、これまでより気にかけて田上夫妻は過ごしているらしい。人形のことを不気味に思ってしまったのも、悪いものだと判断したのも、根本にあったのは母親の衰えを認められない気持ちだったと田上氏は反省していた。それに加えて夫人は、義母にかわいがられる人形に少しやきもちを焼いていたのかもしれないと言っていた。

人形が勝手に動くなんてことは、一見すると不気味で怖いことだ。だが今回のことは、蓋を開けてみればそこにあったのは、人形の持ち主に対する献身と、家族の愛だった。本来なら対立しなくていい両者の思いがすれ違いを経て、落ち着くところに落ち着いてよかったと紗雪は安堵していた。

「紗雪さんもお人形遊び、久しぶりにしたくなったんじゃない？」

「そうですね。SNSなんかを見ていると、大人でも人形好きな人ってたくさんいるんだなと思って。むしろ、かわいい服を着せてあげたいとかアクセサリーをつけてあげたいと思うとお金がかかるので、大人になってこそ楽しめる趣味なんだろうなって感じてます」

佐田に水を向けられ、紗雪は自分の中に人形に対する関心が強くなっていることを認めた。

母親に人形を勝手に人にあげられてしまって以来、人形に対して消化しきれない思いを抱えていた。だが、ひとり暮らしを始めてからも社会人になってからも、自分の手で人形を迎えようという気にはならなかった。たぶん、余裕がなかったのだ。

だが、今なら人形を愛でる余裕は時間的にも精神的にもある。金銭的余裕があるとまではいかないが、何かを我慢すれば趣味のものを持つことはできる。だから、人形を迎えようと思えば無理ではないのだ。

それでも、まだ迷いがあった。

「お人形は、高価な子はとことん高価だものね。でも、手頃な価格でもきっと気に入る子がいるわよ」

「気がかりなのは金額ではなくて……昔、不本意な形で手元を離れていった人形のことが気になって、次の子を迎える気になれないというか……」

紗雪は人形を失った経緯と、そのときの悲しかった気持ちを佐田に話した。これまで子供のときの嫌な記憶についてはあまり人に話さないようにしてきたのだが、この前津々良と住職に話したときにすんなり受け入れてもらえたことから、この手の話題を口にする抵抗が薄くなっていた。

「子供のときに遊んだその子のことが気になって、他の子を迎える後ろめたさがあるのね」

「後ろめたい……そうですね。親に勝手にされたこととはいえ、人形を大事にできなかった私が新しい子と遊んでいいのかなって思ってしまって。人形に想いが宿って持ち主のために頑張る健気な姿を見たら、なおさら……」

かわいがり続けたら自分の人形にも何か宿ったのだろうか、もしかしたら当時すでに宿っていたのだろうか。そんなことを考えると、紗雪の心はどんよりしてしまった。もらわれた先でかわいがられていると信じるしかないという住職の言葉が正しいのだが、それも簡単なことではなかった。

「真新しい子を迎えるのに抵抗があるのなら、リサイクルショップやフリーマーケットで出会うのもいいんじゃないかしら。人形供養をやっている寺社では、供養の済んだお人形を気に入った人が持ち帰ることができるって試みをやっているところもあるそうよ」

「そうなんですか？　てっきり、そういうところに持ち込まれたらお焚き上げされるしか道がないのかと思っていました」

「その方針は寺社によるみたいね。でも、そんなふうに里親になるみたいな気分でなら、お人形を迎えることにも少し抵抗がなくなるんじゃない？　私もちょっと考えてるのよねぇ」

「里親か……」

誰かが手放した人形を迎えるのなら、その子がまた人にかわいがられる機会を得られるということでいいかもしれないと、紗雪の気持ちが動いた。

その子を幸せにできるのなら、自分にとっても人形にとってもいいことなのではないかと、そう思えるようになったのだ。

そんなふうに人形に強く関心を寄せていたからだろうか。

その日の夜、紗雪は夢を見た。

夢の中で、紗雪は気がつくと薄暗い部屋にいた。部屋の広さがどのくらいかも見通せない、だがかろうじて手を伸ばせば届く範囲が見えるほどの暗さだ。

その部屋のどこかから、すすり泣くような声が聞こえてくる。何となく、子供の声のような気がする。

それを聞いた紗雪は、早くその子供を慰めてやらなければという気持ちに駆られた。このまま泣かせているのはあまりにもかわいそうで、何とかしてやらないという気持ちに。

すると、突然目の前に何かが現れた。

視界を埋め尽くし、部屋に満ちるほどの大きな何かだ。それが現れた途端、泣き声がより一層大きくなったことを考えると、声の主なのだろう。

そう考えて目を凝らしたことで、紗雪は悲鳴をあげそうになった。

「ひっ……」

目の前にいるのは、人形だ。大きな大きな、人形だ。だが、体に対して頭があまりにも大きすぎる、崩れた形をしていた。顔立ちや髪は日本人形に近いが、大きな目や長い睫毛は西洋の人形を思わせる。ちぐはぐなその印象が、ひどく不気味だ。

肌の表面が剝がれ、髪もひどく乱れた人形が、声をあげて泣いている。それを見て紗雪は咄嗟に、怖がってはいけないと理解した。

気がつくと手の中には櫛《くし》が握られていた。半月形の木製の櫛だ。

これで目の前の人形の髪を梳《と》かせということだとわかって、紗雪は震えながら爪先立ちになって人形に手を伸ばした。

「……か、かわいいね……かわいい、ね」

言い聞かせるように口に出しながら、櫛を髪に滑らせていく。大きな人形のため、一度梳くだけでもひと仕事だが、恐怖に耐えながら二度三度とそれを繰り返していく。

すると人形の目が突然、ゴロンと零れ出た。

「ひゃっ！」

紗雪はそれを受け止め、何とか眼窩《がんか》に押し戻そうとする。その間も人形は泣くことをやめないため、紗雪の中の恐怖が溢れて外へ漏れ出してしまいそうだった。

それでも、紗雪は必死で目の前の人形をかわいいと思おうとした。怖いのも間違いないが、それと同時にかわいそうだと感じたからだ。

本当は、人間にかわいいと思われたいはずだ。かわいがられるために作り出されたはずだ。それなのにこんな姿になってしまって、そのせいで怖がられたのでは気の毒すぎる。

抱いて、髪を梳いて、歌を歌ってもらって、かわいがられたいはずなのに、捨てられてボロボロになっているのはあまりに痛ましい。

「かわいいね……大丈夫、かわいい……」

自分にも人形にも言い聞かせるようにして、紗雪は人形の髪を梳かし続けた。

そして、気がつくと目覚めていた。

「はあ……」

無事に夢から覚めることができたという安堵と恐怖がないまぜになって、紗雪は深い溜め息をついた。それと同時に、大きな悲しみと不安が襲ってきて、どうしようもなくなって布団を飛び出して部屋を出た。

廊下を駆けて、離れにある津々良の部屋へ向かう。

廊下の灯りは消えて、夜の中に溶けているかのようだ。それでも先ほどの夢のほうがよほど怖くて、この廊下の先に安心できる場所があると知っているから、紗雪は夢中で走った。

「津々良さん、津々良さん……っ！」

「……どうした？」

障子を開けて勢いよく部屋に飛び込むと、その気配と物音で津々良は即座に起き上がった。眼鏡を外して髪も解いていてやや無防備だが、紗雪の危機を察知してすぐに起き上がってくれたその行動は、やはりいつもの津々良だ。

「不明瞭な視界でわかるほど、涙と鼻水でぐしゃぐしゃじゃあないか……ほら、とりあえずこれで拭きなさい」

「……すみません」

目を細めた津々良は紗雪が泣いているのに気がついて、部屋の隅からティッシュを取ってきて差し出した。泣いていた自覚もなかった紗雪は、鼻水を指摘されて恥ずかしくなったが、拭かずにいるのはもっと恥ずかしいため、おとなしくティッシュを受け取った。

「そんなに慌てて走ってきて、部屋に虫でも出たのか？　虫なら私よりミチオのほうが強いだろうが……いや、あいつは起きないな。山の中なら違うだろうが、人里にいるときはのんびりした奴だから」

「いえ……虫じゃないので、起こさなくても大丈夫です。部屋に何か出たとかではなくて、夢を見たんです」

津々良の反応がおかしかったのとほっとしたのとで、紗雪はまた涙が出てきてしまった。夢で見たことがまだ頭を去らないのもある。だから、メソメソしながら夢の内容を話した。

話しているうちに恐ろしさは薄れていき、代わりに言いしれぬ悲しみが強くなってくる。そのせいで涙で声が詰まったり鼻をすすったりしてしまったが、津々良は口を挟まず、下手に慰めることもなく、最後まで聞いてくれた。

「そうか、それは苦しかったな。だが、その対応でよかったのだろう。人形は……人形たちは、誰かに『かわいい』と言ってもらいたくて、渡瀬さんの夢に出てきたのだろうからな。ちょうどよく、誰かの夢に渡ることができたから、そこで慰めてほしかったのだろう」

津々良の低く穏やかな声を聞いて、紗雪の心は徐々に凪《な》いでいった。そうして落ち着きを取り戻すと、自分の身に起きたことを考えることができた。

「夢に渡る……私に取り憑いているとか、縁がついてしまったとか、そういうことではないんですか？」

「取り憑く力はないと思う。力の弱い、人形たちの寂しさが寄り集まったようなものが、たまたま渡瀬さんの夢に現れただけのように感じる。薄くともこの家の敷地には結界が張ってあるから、悪意を持って動くものは入れないからな。ただ、夢はどことでも繋がってしまうから、あなたが無防備であればその限りではないが」

「また夢に……」

先日の夢の中での恐怖体験に続き、今回もまた夢の中に入り込まれていたのかと思うと、自分のことながら心配になる。

「今回は自分の身を守るために、きちんと行動できたではないか。これが恐怖に任せて叫んだり逃げ出そうとした場合は、いくら弱い人形の念とはいえ、困ったことになったかもしれないからな。渡瀬さんがやったことは、一種の供養だ」

「……人形たちは、少しは慰められたのでしょうか」

人形たちの悲しそうな様子を思い出し、紗雪の胸は痛んだ。人形たちの悲しみを根本から癒やすことができないのはわかっているが、それでも少しはよくしてやれたと信じたい。

「それは考えても仕方がないことだ。自分の分を弁えなければ、そのうち抱えきれないものを抱える羽目になって、相手も救えず自分も潰れるぞ。今回の夢の中では、今やれる限りは尽くしたと言える。それなら、あとはすっぱり意識を切り替えることだ」

津々良は紗雪の頭をぽんぽんと撫でながら言った。めったにされることはないが、これは彼なりの最大限のいたわりと甘やかしだとわかるから、紗雪は静かに喜んだ。

「津々良さんも、後悔することはありますか？　ああすればよかったとか、救えたはずなのにとか」

　何気ない質問だったのだが、津々良は真剣に考え込む様子を見せた。だが、何か思いついたのか少し悪い顔をして笑う。

「後悔をしないために、渡瀬さんをこの家に置くことにしたんだ」

「え？」

「あのとき、一時的に渡瀬さんの状態を改善する方法はあった。それで『祓いました』と帰らせることもできた。だが、それは根本的な解決にならず、ゆくゆくはひどいことになるのがわかったから、あなたの面倒を見ると決めたんだ。つまりは、防げそうな後悔は防いでいるということだな」

「……ありがとうございます」

　この人に助けられなければどうなっていたのだろうなと考えて、紗雪は素直に感謝した。思えば、本当に生きていてずっとボロボロで、あのとき津々良との出会いがなければ、今もなおひどい労働環境に身を置いて、誰からも大切にされず、誰のことも大切に思わず生きていたのだ。そんな〝もしも〟を考えると、ゾッとした。

　ただ普通とは少し違う目を持つだけで、何か力があるわけではない。だがいつか、津々良のように誰かを救えるようになれればと思う。

「あ、あの……突然部屋に押しかけて、すみませんでした。少し早いですが、朝の支度をすることにします」

外が白んできたのを感じて、紗雪は自分が津々良の部屋にいることを改めて思い出した。怖かったとはいえ、大胆だ。そういった意図があったわけではないが、やはり気になる人の部屋にいるというのは、意識してしまうと落ち着かない。

「もう支度をするのか。少しくらいなら寝直せばいいのに」

「え……」

慌てて立ち上がって部屋を出ようとしたときにそんなことを言われて、紗雪は驚いてしまった。だが、すぐに勘違いだとわかる。津々良もどうやら紗雪の考えが読めたようで、やや呆れた表情になる。

「もちろん自分の部屋で、だ。さあ、夜船が起きてしまったらかわいそうだ。落ち着いたのなら、早く帰りなさい」

「す、すみません」

恥ずかしいやら申し訳ないやらで、どうしたらいいかわからなくなった紗雪は、来たときよりもさらに早足に離れの廊下を走って帰っていった。

津々良と自分が甘い雰囲気になるわけがないとわかっているのに、一瞬でも期待してしまったことが恥ずかしくていたたまれない気持ちだ。

一緒に暮らしているのに、こんなに緩んでちゃだめだ――そう気づいた紗雪は気持ちを引き締めるため、いつもより念入りに何度も何度も顔を洗ったのだった。

第四章　もしも願いが叶うなら

Ogamiya tsudura
kaikiroku

暑くなるにつれて庭の草木が勢いを増し、日に日に野草摘みを楽しむどころではなくなってきて、紗雪の一日の草むしりに費やされる時間は増えていた。

毎日せっせと摘んで食べてしまえばいずれなくなるのではないかと甘いことを考えていたのだが、食べるにしても限度がある。そして、「食べられるとはいっても、春の草が一番うまいんだがな」と道生が言ったため、料理の下ごしらえのたびにアク抜きに悩まされていた紗雪は、もう草を食べるのはやめようと思い至った。

「……食べずにこうして抜いちゃうっていうのは、何だか負けちゃった気がして嫌なんですけどね」

つばが広い帽子に緑色のジャージ姿で草を抜きながら、紗雪がぼやいた。いつもは日課の合間の草抜きだったが、今日は本格的に向き合って一気に片付けてしまおうと思って、そのための服装だ。

こんな姿は津々良には見られたくないのだが、彼は外出しているから、この機会を逃すまいと決行することにしたのだ。

「負けたとは、何と戦っていたんだ?」

一緒に草を抜きながら、道生が不思議そうに尋ねた。彼は手持ちの服があまりないらしく、結袈裟《ゆいげさ》や脚絆《きゃはん》なしの山伏のような服装をしている。細かな装備品を外してしまうとまるで死装束のようだと感じて紗雪がそれを口にすると、道生は真理を捉えていると言って喜んでいた。何でも、山での修行は一度死んで山という他界へ行き、もう一度生まれ直すというものなのだそうだ。

「何との戦いかと聞かれると、困るんですけど。何となく負けたな、と。……もしかしたら、草を食べられるようになって少し進歩したつもりだったから、それをしなくなってしまったのは後退することのように感じたのかもしれません」

「なるほどな。だが、草を食べられるということを知ったではないか。実際に調理もしてみた。その経験は決して失われないのだから、後退したとは言わないだろう。形あるものは失ったり奪われたりするが、経験したことはなくならないからな」

「そっか。そうですね」

道生の言葉はいつもまっすぐに届くが、修験者のような服装で言われるとさらに説得力が増すようで、紗雪の中の草に対する敗北感が少し薄れた。

確かに、道生に食べられる草のことを教わって以来、外を歩いて道端に何か生えていれば、それが食べられるかどうか考えてしまうのだ。それはつまり草を食べるという体験が紗雪の中に根づいたということだろう。これまでは草はあくまで草で、食べられるものという認識はなかったのに。もうかつてと同じ目で草を見ることはできないに違いない。

「竹本さんが手伝ってくれて、よかったです。完全にきれいにしようと思ったら、やっぱり大変ですね」

「こういったことも修行と思えば何てことはない。何なら、俺ひとりに任せて渡瀬さんはゆっくりしていていいのに」

「そういうわけにもいきませんよ。だって、こういった雑事が私の仕事なんですから」

「それにしたって、ずっと働いているように見える」

「私のこれも、修行です」

自分にまだブラック企業にいた頃の休むことへの罪悪感みたいなものが残っているのは自覚しているし、津々良にそれを直すよう言われているのだが、なかなか難しいと紗雪は思っている。

というのも、道生が来てから自分のできることの少なさを再認識させられ、焦る気持ちがあるのだ。

道生は津々良の弟弟子だし、山で修行をしているから、御札を書く手伝いもできるし、何らかの大掛かりな儀式が必要なときは津々良の手助けができるだろう。おそらく、大変な案件と向き合うときに道生のことは連れていけるが、紗雪は留守番を言い渡される。

羨んでも仕方がないほど実力の開きがあるのも、立場が違うのもわかっているのだが、それでも比べてしまうのだ。道生にはない事務処理能力があることだけが、今のところ救いだ。

とはいえ、そんな誰にでもすぐに取って代わられるような能力しかないのでは安心できないから、紗雪はせめて雑事だけでもせっせとこなそうという頭になっているのである。

「あ、来客？」

「インターホンが鳴ったな」

しばらく草抜きに集中していたふたりだったが、インターホンの音によってそれが遮られた。来客があったということは、誰かが応対しなければならない。ということでふたりは、自分たちの服装を見比べた。

「わ、私、ジャージですし……」

「俺は、白いぞ。白ずくめの大男が出ていったら、さぞびっくりされるだろう。それなら、ジャージのお嬢さんのほうがいくらかマシだ」

「ジャージのお嬢さん……わかりました。お嬢さんが行きます」

ふたりがそんなやりとりをしている間にも何度かインターホンは鳴らされ、「誰かいないの？」という声までしてきた。

「いますいます！」

紗雪は慌てて庭から廊下へ上がり、玄関まで走っていって鍵を開けた。

だが、引き戸を開けてそこに立っていた人物を見て、慌てて出迎えたことを後悔した。

「……何であんたがここにいるのよ？　は？　ドウショウだけだと思ったから来たのに。ってことは、やだ……尊様もいるの？」

そこに立っていたのは、アニメや漫画だったら作画コストが非常に高そうな派手な美人だ。真っ赤なノースリーブのワンピースに、同じく赤いピンヒールのサンダルを身に着けている。それらの服装が、まっすぐな長い黒髪によく映えている。作画コストだけでなく戦闘力まで高そうなその姿と強気な態度に、紗雪は一気にしおしおになった。

「津々良さんは外出中です。え……竹本さんにご用ですか？」

この女性は日下楓《くさかかえで》といって、津々良の親戚筋の人間なのだという。津々良のことを慕っているのか狙っているのかわからないが、そのせいで紗雪を目の敵にしている。会うのはこれが二度目だが、前に会ったときに暴言を浴びせられ、摑みかかられているため、紗雪はこの女性が苦手だ。

「何よ、その嫌そうな顔。ちょっと邪魔よ！　そこどきなさい！」

「ええー……」

あまりの傍若無人さに紗雪はたじたじになって、言われるがまま楓に道を開けた。すると彼女は、玄関の外に置いていたらしい大きな風呂敷包みを抱えて、よろよろと入ってきた。

「これ、置きたいんだけど」

「どうぞ」

「『どうぞ』じゃないわよ！　気が利かないわね！　持ちなさい！」

「え、嫌です……というより、無理です。私、非力なので……」

「使えないわねー……ドウショウ！　いるんでしょー！」

縦長でひと抱えもあるその風呂敷包みの中身は何なのかわからないが、どうやら重いものらしい。楓はイライラして長い黒髪を邪魔そうに振りながら、道生のことを呼んでいた。

「なんだなんだ。やはり俺を呼んでおったのか。あ、クリスマスだな」

楓が苛立った声で呼ぶと、庭から玄関のほうに道生が回り込んできた。そして、紗雪と楓の姿を見比べて言った。

「クリスマス？　って、あたしたちの服の色のこと言ってんの？　セットにしないで！」

紗雪のジャージは濃い緑で、楓のワンピースは赤だ。一般的にクリスマスカラーと言われる色の取り合わせだったと気がついて、紗雪は笑った。道生の口からクリスマスという言葉が出たのもおかしい。

「風呂敷も黄色系で、もみの木の星っぽいですもんね」

「あんたは少しは恥じらいなさいよ！　ジャージって！」

「草抜きしてたんです。汚れてもいい格好って、ジャージくらいしかなくて」

「だからってそれ、学生のときのでしょ……」

クリスマスカラーと言われたことか紗雪とセットにされたことにはわからないが、楓は怒り、そして呆れた顔で紗雪を見た。

「てか、この女がいるなんて思ってなかったんだけど。あんた、尊様と休暇の旅行に行ってたんじゃないの？　ドウショウしかいないって思ってたから来たのに」

玄関に風呂敷包みを置いた楓は、溜め息まじりに言った。心底うんざりしたように言われるが、紗雪にはどうしようもできない。

「休暇はまだ先だ。仕事を片付け次第出発になるから、毎年時期が定まっていないのは日下さんも知っているだろう。連絡なしで来た日下さんが悪い」

「は？　ドウショウのくせに生意気！　格下のくせにあたしに楯突《たて》かないで。〝どうしようもない〟のドウショウのくせに！」

道生にもっともなことを返され、楓はもともと鋭い目をさらに吊り上げて言った。自分より体の大きな道生に臆することなどなく、むしろ、ひれ伏させようとでもいうように高圧的だ。

あまりの言われように道生がどう感じたのか心配になって紗雪は彼を見たが、表情に変化はなかった。それでも紗雪は楓の物言いが嫌で、自分が傷つけられたみたいな気分になった。

「あの……文句を言うなら、帰ってください。家主である津々良さんの不在中、玄関先で暴れる人を上げるわけにはいきませんから。どうぞ、その重そうな風呂敷包みを持って、お引き取りください」

あくまで丁寧に、だが毅然として紗雪は言った。本当はこんな高圧的な人に意見するのは怖い。ましてや、指図するようなことを言うなんて、これまでの紗雪だったらできなかったことだ。

「は？　なんであんたにそんなこと言われなくちゃいけないわけ？　何の権限があってあたしを追い払えると思ってるの？」

楓は一瞬驚いた顔をしたものの、すぐに怒りをあらわにして紗雪を睨みつける。格下だと思っている紗雪に何を言われても痛くも痒くもないという感じだ。

ここで負けてはいけないと、紗雪は踏ん張った。

「私は津々良さんに助手として雇用されています。津々良さんが留守中の来客への応対も私の業務です。アポなしの訪問で玄関先で暴れる無礼な方を追い返すのも必要な仕事だと思うので、助手の権限でお帰り願います。もし帰っていただけない場合は……津々良さんに電話しますからね！」

「なっ、何よ。そう言えばあたしが困るってわかって言ってんのね……」

人を脅したことなどない紗雪は、何と言えば楓が引き下がるだろうかと悩んだ末に津々良の名前を出したのだが、まさか効果があるとは思わなかった。

「やっぱり、津々良さんを呼ばれると困るんですね。さっき、『尊様もいるの？』って焦ってましたもんね。ということは、津々良さんに知られると怒られる用件で来たんですか？」

おそらく隠し事だろうなとあたりをつけて言うと案の定、楓は気まずそうに頷いた。

「……困ってて、それで今日ここに来たんだけど、どうしたら上げてくれるわけ？」

「竹本さんに頼ろうとしていらっしゃったんですよね。それなら、竹本さんに謝ってください。竹本さんはどうしようもなくないので」

これだけは言っておかねばなるまいと、紗雪は毅然とした態度で言った。

すると、楓は不服そうにする。

「どうしようもない奴にどうしようもないって言って何が悪いわけ？　今じゃ修験者の真似事みたいなことしてるけど、こいつは周りと馴染めないからって暴れ回って山に放り込まれたただの不良よ？」

そう言って楓が一瞥すると、道生は少し顔を曇らせた。前に佐田に同じようなことを言われたときとは、あきらかに反応が違う。

「過去がそうだったとしても、今は不良じゃありません」

「あんた、『三つ子の魂百まで』って知ってる？　だめな奴は一生だめ。グレた奴の性根なんて、直るわけない。直るならそもそもグレない。この理屈わかる？」

「じゃああなたは一生意地悪なままですね！　意地悪が直らないから意地悪言うのをやめられないんでしょう？　あなたの理屈だとこうなりますけど！」

負けてなるものかと紗雪はさらに踏ん張った。ここで口を閉ざせば、楓は自分が正しいと思うだろう。そんなのは絶対に嫌だった。

それに、短い付き合いとはいえ道生とは仲良くしている。いってみれば知人以上友人未満だ。そんな人が目の前で罵倒されて傷ついているのを庇《かば》えずにいる弱虫な自分ではいたくなくて、紗雪は怖さと怒りでぷるぷるしながら、精一杯の怖い顔をしてみせた。

「なっ……意地悪？　あたしが？」

無自覚だったらしく、性格の悪さを指摘されて楓はたじろいだ。それがツボに入ったのだろうか、道生が辛抱できなかった様子で笑いだした。

「渡瀬さん、もういい。そんなに怒ると体に悪いからな。俺のために怒ってくれなくていい。日下さんを上げてやってもいいんじゃないか？　問題がありそうなら、尊さんに連絡して指示をあおげばいい」

「そ、そうですね……」

無駄吠えをたしなめられた小型犬にでもなった気分になって、紗雪は必死で威嚇するのをやめた。それに、道生自身が楓の言葉に構うふうがないのと風呂敷包みを抱えて運び始めたのを見て、家に上げるしかないのだなと思ったのだ。

「空いている部屋があるので、そっちに」

「そうだな」

「何よ！　あたしは客人じゃないから応接室には通せないってわけ？」

楓は文句を言いながら道生と紗雪が歩く後ろをついてくるが、ふたりは無視して廊下を進む。そして、道生の部屋として使っているところの隣に決め、そこに風呂敷包みを運び込んだ。

　楓が苦しそうに運んでいたその荷物を道生が楽々と運ぶ姿を見て、紗雪はその力持ちさを改めて感じた。そして、その力の使いどころをきちんとわかっている人だなと思った。

「それで、この大きな荷物の中身は何だ？」

　紗雪が運んできた麦茶を一気に飲み干し、道生が改めて楓に尋ねた。風呂敷包みから距離を取り、自分の手では包みを開けないあたり、慎重だ。紗雪もそれに倣い、離れたところに座った。

「別に、やばいもんじゃないわよ。壺よ、壺」

　距離を取られていることが癪《しゃく》だという様子を見せつつ、楓は風呂敷を取り払う。すると、彼女の言ったとおり壺が現れた。

「壺、ですね」

「壺だな。だが、普通の壺ではないのだろう？　ただの壺なら、尊さんの不在を狙ってこの家に運び込む必要はないからな」

　道生に指摘され、楓は気まずそうに下唇を噛んだ。やはり、深く聞かれずにいたかったのだろう。

「……願いが叶う壺だって、人伝《ひとづ》てに聞いて手に入れたの」

先ほどまでの威勢はなくなり、かすかな声で楓は言った。紗雪はぴんと来なかったが、それを聞いて道生の顔色が変わる。

「祓い屋がそんなものに手を出して、何を考えているんだ！」

道生が声を荒らげるのを聞いて、紗雪は驚いて震えた。文字どおり空気が震えるほどの声で、耳がビリビリする気がした。日頃から声が大きな人ではあるが、こんなふうに声を荒らげるのは初めて聞いた。

「楓さん、祓い屋なんですか!?」

初めて知ったことに紗雪が驚いて尋ねると、道生は重々しく頷き、楓は気まずそうに俯《うつむ》いた。

「日下家は津々良家の分家筋で、どちらも優秀な祓い屋を輩出している家柄だ。だから当然、彼女もそうなるよう教育を受けている。俺と尊さんの師匠も、日下の出身だ。そんな家の人間がこんなものに手を出すなど嘆かわしい……」

「そんなこと言ったって……逆にこの筋にいるからこそ偶然こういうものを手にして成り上がる人だっているじゃない！　願いを叶えるってものに手を出したこと自体を責め

るのなら、結構な数の人が責められるはずよ」

「そうだったとしても、怪しいものに近づくべきではないことはわかっているはずだろう？　日下さんはそこまで軽率な人間ではないと思っていたが」

「……あたしにだって、なりふり構わず叶えたい願いぐらいあるわよ」

道生が言っていることは正しいし、心情的にも紗雪は彼に肩入れしている。だが、それでも先ほどまでの威勢をなくした楓が少し気の毒に思ってしまった。こんなふうに自信満々に見える彼女が怪しげなものに手を出してしまうなんて、きっとよほど追い詰められていたのだろう。

「ちなみに、楓さんはどんな願いを叶えたかったんですか？」

「そんなの、尊様との結婚に決まってるでしょ！」

「あ……はい」

紗雪は少しでも庇ってやろうという気を起こしたことを即座に後悔した。人の気持ちをこんなものを使ってどうこうしようとするあたり、全くもって庇いようがない。

「何よ、その反応！　あんた、尊様とひとつ屋根の下で暮らしてるからってアガリを決め込んでるんでしょ！　勝った気にならないでよ！　もう正妻気取り？」

紗雪の呆れた態度が気に入らなかったらしく、楓は顔を真っ赤にして怒った。だが、同じ家に暮らしているからといって全く何もないため、紗雪は津々良の名誉のために大きく首を振った。

「何を考えているか知りませんが、私と津々良さんは何もありません。……あるわけがないじゃないですか」

「そんなわけないでしょ！」

「いや、むしろ何かあることが絶対ないです」

楓は信じられないという目で紗雪を見るが、神に誓って何もないからこれ以上言いようがない。

先日の人形の夢を見た日の明け方に津々良の部屋を訪ねたときだって、本当に何もなかったのだ。何かあることを期待したわけではないが、欠片《かけら》もそんな気配がないことには少しだけがっかりした。それは津々良が紳士である証だが、自分が彼にとってそういった対象ではない証でもあるようで、何というか複雑な気持ちにはなる。

「それで、この壺は何だ？　何が起きるんだ？　何もなければここに持ってこようとは思わないだろうからな」

先ほどまでの会話の内容には触れず、道生は楓に尋ねる。こういった容赦がないというかしっかりしているところは、津々良の弟弟子だなと感じさせる。

「……女が、出てくるのよ」

楓は少しためらってから、言いにくそうにそう言った。

それを聞いて、紗雪は壺からさらに大きく距離を取る。そんなに恐ろしいものだなんて思っていなかったから家に上げたが、知っていたら絶対に帰らせていた。

「女が？　この蓋を開けたら出てくるのか？」

道生は紗雪のように怯えることなく、壺をじっと見ている。紗雪の目にはただの大きな壺にしか見えないが、彼の目には何か見えているのかもしれない。

紗雪はまだコントロールができないが、〝内の目〟で見れば多くのことを見ることができる。だが、津々良が不在の今、壺の中に何を見出しても怖いため、〝外の目〟で見るのがやっとだ。

「ううん。蓋を開けるとか、そんなことはしてない。夜になったら、勝手に出てきたのよ。それまで何の気配もなかったくせに、夜寝てたら突然這い出てきたの。それで近づいてきて、寝てるあたしの顔を覗き込んで『違う』って言って帰ってったの。怖すぎて腹立って、それで急いで御札を書いて蓋に貼ったけど」

「もう一日たりとも家に置いておきたくなくて、それでここに持ってきたというわけか」

「う……そうよ」

道生は徹底して毅然としており、それに対して楓はしどろもどろになっていて、どちらが立派に見えるかは一目瞭然だった。それなのに楓は道生を見下しているのだなと思うと、紗雪は何とも言えない気分になってきた。

「ちなみに、この壺のもとの持ち主には連絡を取ったのか？」

「……取れない。だから、完全に摑まされたっていうことは理解してる」

「摑まされたなあ。おそらく、そのもとの持ち主はなるべく早く手放したくて、それで人が飛びつくように『願いが叶う壺だ』なんていう曰くをつけたのだろう」

「そうなんでしょうね……騙された」

道生の冷静な分析を聞きながら、紗雪はただただ感心していた。いい人なのは理解していたが、これまで彼のことをどちらかといえば声の大きい体育会系の人間だと思っていた。だが、こうして話す彼はとても理知的で、この冷静に考えられる力こそ、こういった業界では必要なのだろうと感じた。

それならば、紗雪も彼を見習ってきちんと頭を使わなければならない。

「もとの持ち主の方は、健在なんですよね？　その、呪いを受けたとか何か災いがあったとかは」

「ない。少なくとも生きてはいる。生きてるならそいつに壺を返せばいいのにって思ってる？　連絡の取りようはあるにはあるけど、壺のことで騒ぐと格好がつかないじゃない……」

「あ、なるほど」

壺のもとの持ち主に連絡が取れないのは、実は何か恐ろしいことが起きているからでは……と紗雪は考えたのだが、どうやらそういうことではなかったらしい。これがホラー映画などならもとの持ち主は失踪していて、その足取りを追うことで謎を解く鍵が見つかるのに、現実はやはりフィクションのようにはいかない。

「下手に騒げば、祓い屋としての能力を疑われることになるから騒げなかったんだな。それはわかったが……もとの持ち主も日下さんも無事となると、壺から出てくる女の目的がわからん。俺にはお手上げだ」

腕組みをして考え込んでいた道生だったが、考えることに疲れたのか大きく伸びをした。ちょうどそのとき、別の部屋で遊んでいた夜船が「にゃー」と鳴いて廊下を走っていった。それを見て、津々良が帰宅したことがわかる。

「津々良さん、帰ってきたみたいですね」

「えっ、あっ……どうしよう！」

紗雪が立ち上がって津々良を出迎えに行こうとすると、楓がこれまでにないほど慌て始めた。よほど今回の失態を彼に知られるのが嫌なのだろう。

「今さら慌てたって仕方がないですよ。それに、困っているなら頼るしかないです」

「そんなこと言ったって！　ええー、どうしよう……汗でメイク崩れてない？　髪、変じゃない？」

「大丈夫ですよ、ちゃんときれいです」

「ま、あんたのダサいジャージよりマシね」

そんなくだらない会話をしている間にも、夜船の小さな足音が近づいてくる。ということは、津々良もこちらに来ているのだろう。

楓の指摘で自分がジャージのままだったことに気がついてしまったけれど、ジタバタしても仕方がないため、せめて手櫛で髪を整える。

「こんなところにいたのか。今戻った」

夜船が小さな前足で引き戸を開けたがるのを手伝う形で戸を開けた津々良が、部屋の中に紗雪たちがいるのに気づいて少し驚いた顔をした。夜船は気が済んだのか飽きたのか、またどこかへ駆けていってしまい、津々良はそれをやや寂しそうに見送った。

「楓だったか。足元の安定しない危険な履物があったから、誰か来ているのだろうとは思ったが。渡瀬さんはああいったものは履かないからな」

「お、お邪魔しております……」

去っていった夜船から部屋の中に視線を戻した津々良の目つきは鋭くて、それを自分に向けられたと思った楓は縮み上がっていた。だが、その視線が壺に向けられていることに紗雪は気がついた。

「この壺、楓さんが『願いが叶う壺』という触れ込みで手に入れたそうなんですが、その……どうやら曰くつきみたいで」

夜になると女が出てくることや、その女が口にしたこと、もとの持ち主とは連絡がつかなくなっていることなどを紗雪はかいつまんで話した。

津々良は紗雪の話を聞きながら壺に近づき、手で触れたりじっと見つめたりした。そして、楓が貼ったという御札を見た。

「楓は、このくらい自分で処理できるのではないか？」

津々良は楓に視線を移し、淡々と言った。そこに批難する響きは一切ないが、それだけに残酷な問いだったのだろうとそばで聞いていた紗雪にもわかった。

楓は一瞬驚きに目を見開いて、それから俯いた。恥ずかしさと申し訳なさでいっぱいなのだろうと思うと、少しだけ気の毒になった。

「……経験不足で、どうすればいいかわかりませんでした」

玄関先で暴れていたのと同じ人物とは思えないほど小さな声で、楓はしおらしく言った。これだけの美人がこんなふうに弱ったところを見せれば優しくする男性も多いだろうと思うのだが、津々良はそういった人物ではない。

「そうやって未熟なことを認められるのであれば、なぜ頭を下げて人に頼らない？　私の留守中にやってきたということは、留守番のミチオに押し付けようとでも思っていたのだろう？」

「それは……」

「プライドとやらが邪魔して頭を下げたくないのなら、ひとりで災難に遭っていろ。救われたいのなら最低限の礼儀を通して人を頼れ。頭を下げることもできないくせに救われようとして、自分以外の人間に厄災を押し付けようとする卑劣な奴を私は助けない」

「うぅ……」

淡々としていても迫力のある津々良の言葉に、楓は泣いてしまった。津々良の言葉が間違っていないのもわかるが、自分がもし同じ立場ならきっと同じように泣いただろうと考えて、紗雪は楓に同情した。

「呪いをまき散らす類のものではなかったからよかったが、これがもしそんなものだったらと考えるとゾッとする。……何事もなくてよかった」

津々良が眉根を寄せて自分を見るのを見て、紗雪はようやく彼の怒りの理由を理解した。

津々良は、心配したのだ。楓が不審物を家に持ち込んだことで、紗雪に何か起こっていないかどうかを。だから、何事もなかったとはいえ、そんな危険に晒した楓に対して怒ったのだ。

「……すみません。ご心配おかけして」

「今度から、家に上げるべきか迷う来客があれば電話をしなさい。そのために、煩わしくてたまらないあの板切れを持ち歩いているのだから」

板切れというのがスマホのことだとわかって、紗雪は苦笑した。仕事の電話なら固定電話で事足りるのを、主に外出時の紗雪との連絡用にとスマホを持つようになった経緯があることを思い出したのだ。

楓には津々良との関係は何もないと言ったが、彼の愛猫の夜船の次くらいにはきちんと心配され大事にされているのだと再認識する。

「この壺はうちで処理するとして……願いを叶える壺か。いつになってもこの手のものはなくならないな」

改めて壺を一瞥して、津々良は呆れたように深い溜め息をついた。仕事で疲れて帰ってきてこんな事態が待ち受けていたら、溜め息のひとつやふたつ、つきたくなるというものだろう。

せめて喉の渇きくらいは癒やしてもらおうと、紗雪は台所に麦茶を取りに行った。

「時代を経てもなくならない、この手の願いを叶えるという物品なのだが、何か知っているものはあるか？」

麦茶で一服した津々良は、紗雪たちに問いかけた。紗雪は全くぴんと来なかったが、道生がすぐに口を開く。

「『魔法のランプ』なんかがそうでしょうか」

「そうだな。それから、『猿の手』なんかもそこそこ有名だろう。ランプも猿の手も共通して、〝三つの願いごと〟を叶えてもらえるという話だ」

さすが弟弟子と兄弟子という感じなのか、道生は津々良の求める答えを口にし、津々良はそれに補足をした。

おそらくこれは、一般教養とまではいかないものの、よく知られた話なのだろう。紗雪はちらりと楓の顔をうかがって、きちんと理解しているようなのを察して焦った。

「……すみません。『猿の手』って、何ですか？」

この場でわかっていないのは自分だけなのに話の腰を折るのは申し訳ないと思いつつ、

紗雪は手を挙げて質問した。

「恐怖小説の作品集に収められた『猿の手』という短編が出典元の、使い古されたフィクションのネタだ。おそらくこの原典の小説を読んだことがない者でもネタだけは知っているという手垢のついたものなのだが、まあ知らなくても困りはしない。それにあなたはまだ勉強中だからな」

「とある夫婦がひょんなことから願いを三つ叶えてくれるという猿の手のミイラを手に入れるのだが、家のローンを返したいと願ったところ息子が死に、会社から見舞金が贈られたことによって金を手にしてしまう。そして息子を生き返らせてくれと願ったもののおぞましい姿で蘇ってくることを恐れて墓に戻してくれと願ってしまう……というのが、簡単な筋書きだ」

津々良がフォローし、道生が解説してくれたことで、紗雪は物知らずであることへの不安が少し慰められ、わからないことを解消することができた。

「それなら、聞いたことがあります」

「様々な創作物の中でアレンジして使われているからな。願いごとを叶えるという触れ込みのアイテムなのに不本意な願いの叶えられ方をして不幸な目に遭うという、キャッチーさが受けるのだろう」

「三つの願いというのも、わかりやすいですもんね」

言いながら、人間は三という数字が好きなのだろうかと考える。納豆のパックも栄養ドリンクのセット売りも三つや三本がひとまとめで売られている。

「ランプや猿の手はまあ有名どころだが、私が聞いたことがある願いごとを叶えるアイテムの中に乾燥ヒトデというものがある。これはどういう経緯で生み出されたのかもなぜ願いを叶えるのかもわからないが、なぜか願いを叶えてくれる。だが、そんなものは稀だ。大抵、願いを叶える物品には何かしらカラクリがある」

「……願いを叶える側にもメリットがあるってことですか？」

ランプの魔人のことを思い出し、紗雪は言った。ランプの魔人はランプに封印されており、自分を呼び出した人間の願いを叶えることで自由の身になれる。つまり、ギブアンドテイクが成立する関係ということだ。

「そうだな。言い方を変えれば差し出すもの――代償なしには叶えることはできないということだ。普通に考えて、願いを叶えるために対価を必要とするやりとりは悪魔などのよくないものとのやりとりに決まっている」

そう言って、津々良は楓に鋭い視線を向けた。

「そういった物品を処理する側の人間が、乗せられて利用されてどうするんだ」

「す、すみません……」

津々良に一喝されたのが怖かったのか、自らの行いを恥じたのか、楓は涙ぐんでいる。

だが、こうして叱ってもらえるのも無事だからだ。もし手に入れた壺が本当に願いを叶えるもので、対価として何かを差し出さなければならなかったとしたら今頃大変なことになっていただろう。

「よくないものと契約を結んで願いを叶えて成り上がる者もいるから、自分もしていいだろう——大方、そんな考えで眉唾《まゆつば》ものの物品に手を出したのだろうが、祓い屋である自覚があるならむしろ、その手のものを避けるべきなのはわかるだろう。犬神しかり、飯綱《いづな》しかり。そういったものは術者の願いを叶えもするが、差し出すに見合う対価を持ち合わせていなければ逆に食い殺されもする。力ほしさに自滅したければ勝手にすればいいが、人を巻き込むな」

「……はい」

犬神や飯綱という聞き慣れない単語に戸惑う紗雪に、道生が「動物を使った呪術の一種だ」と説明してくれた。詳しい解説をしてくれないことから、よほど恐ろしいものなのだろうと紗雪は推測した。

「怪しげなものに手を出す危険を認識したのなら、それでいい。壺の処理はしておくから、もう帰りなさい」

　どこまでも突き放されて傷ついたらしい楓は、黙って頷いて立ち上がった。涙でぐしゃぐしゃのその顔を見て気の毒になった紗雪は部屋を出る彼女を追いかけようとしたが、キッと睨まれてしまった。

「ついてこないで、クソチワワ！」

「ク、クソチワワ……？」

　明確な拒絶の意思を示されて紗雪が驚いているうちに、楓は出ていってしまった。ショックを受ける紗雪に、道生が笑って声をかける。

「小型犬っぽいとは思っていたが、チワワとは言い得て妙だな」

「……どうも、クソチワワです」

「拗《す》ねるな拗ねるな。チワワ、ぷるぷるしていてかわいいではないか。日下さんも侮辱の意味はなく、尊さんにかわいがられているのに嫉妬しての発言だろうからな」

　嫉妬されるほどかわいがられているだろうかと考えるとよくわからないが、楓のように突き放されず面倒を見てもらっている自覚はある。だから、彼女の怒りを買ってしまったのは仕方がないのかなとは思う。

「今回はミチオがいたから、怖い思いはさせられなかったか？」

「は、はい。大丈夫でした」

心配そうに問われ、紗雪は慌てて返事をした。するとそれを聞いた道生がニヤニヤする。

「立派に言い返していましたよ。俺のぶんまで、しっかり文句を言ってくれました。それこそ、玄関先で不審者に吠える番犬のように」

「そうか。言い返せるようになったのなら、たいしたものだ。あれは負けん気が強いが向上心があるわけではなく、自信過剰にもなりきれんから付属品をほしがるんだ。私と結婚したがるのも箔《はく》がつくと勘違いしているからだろうし、今回の件も力ほしさのことに違いない。困ったことだ」

津々良は紗雪のことを褒めつつも、逃げていった楓の心配もしているようだ。これ以上幻滅されるのは気の毒だから、津々良と結婚するという願いのために壺を手に入れたことは黙っておいてやろうと紗雪は思った。

「それで、願いを叶えるアイテムではなかったのなら、その壺は何なのでしょうか？」

楓が帰って平和が取り戻されたかのように思えたが、部屋の中でなかなかの存在感を放つ壺があることを思い出し、紗雪は津々良に尋ねた。それがもし呪いの物品かそれに類するものであり、蔵に入れておくということになれば、リストを作り直さなければならない。

「この壺は、おそらく何らかの儀式の媒介なのではないかと思う。中身をあらためるまではっきりしたことは言えんが、似たような話を聞いたことがあるのだ」

「もしかして、例の炊飯器ですか？」

「そうだ。ミチオの耳にも入っていたのか」

どうやら津々良と道生にとっては共通の話題のようで、ふたりの間ではわかりあった空気が流れる。兄弟子と弟弟子ならではなのか、時々こういう阿吽《あうん》の呼吸みたいなことをされてしまうと、仕方がないと思いつつ紗雪はほんの少しヤキモチを焼いてしまう。

「例の炊飯器って、何ですか？　呪われたアイテム、みたいな？」

「そうだ。まさに『呪いの炊飯器』と呼ぶべきものだったな」

何とか自分も話に加われればという思いで口にした言葉が、どうやら正解に近かったらしい。その『呪いの炊飯器』のことを津々良は話し始めた。

「ある大学生の男が、先輩から不審物を預かるんだ。新聞紙とガムテープでぐるぐる巻きの状態のもので、見るからに怪しい。そして『絶対に梱包を破るな』と念を押されたそうだ。見るからに怪しいものでも、深く考えない質だったりお人好しだったりすると、断らないものなのだな。その大学生は、預かってしまったのだ」

呪いの炊飯器だなんて冗談みたいな話題だが、津々良の口調が怪談じみていて、紗雪は聞き入ってしまっていた。炊飯器と聞いたときは怖いわけがないと思ったのに、話の出だしからして雲行きが怪しい。

「それでこの手の話のお決まりなのだが、大学生は念押しされたにもかかわらず、梱包を破ってしまう。それで中から出てきたのは、よくある炊飯器だったというわけだ。なぜ炊飯器が新聞紙とガムテープでぐるぐる巻きになっていたのか気になった大学生は、何と炊飯器の蓋も開けてしまう。とんでもないものが出てくるのではないか、と考えたのだ。そのとき大学生はせいぜい危険な薬物だとか、金目のものとか、そんなものが出てくると思っていたらしい。だが、中に入っていたのは、ネズミの死骸だった。しかもミイラ化していたという」

「うわあ……」

「だが、気持ち悪いと思っただけで特に何もせずに、大学生は炊飯器をそのままにしておいたそうだ」

　怪談系の話によくある、やってはいけないことのオンパレードを次々にやってのけるこの話の主役に、紗雪は怖がりながらもうんざりした。そういった行動を取らなければ話が進まないのは理解していても、なぜそんなことをするのか共感できない。自分だったら絶対に開けないし、そもそも預からないだろうなと思いながら、紗雪は話の続きを聞いた。

「梱包も蓋も開けてしまった日の夜、大学生は夜中に目がさめてしまった。再び寝ようと目を閉じると、背中に何かおかしな感触があることに気がついたそうだ。大学生は横向きに眠っていたから、その背中に何か当たっているということだな。気がついてしまうと、背中に当たるそれが途端に人の気配に思えた。誰かの膝頭が、自分の背中に当たっているようにな。そうすると気になってしまって、大学生は目を開けた」

これから起こることを想像して、紗雪は手に汗握った。この手の話は、聞いているものの期待を裏切らないことが基本だ。裏切らないからこその恐怖というものがあると、様々な怪談に触れることでわかるようになってきた。

「目を開けるとそこには、女がいた。背中に膝頭が当たっているということは、その女は正坐《せいざ》をして座って、大学生の顔を覗き込んでいたということだ」

「ひぃ……」

「おそるおそるそっと身をよじりかけて、大学生はやめた。女を正面から見てはいけないと、本能で察したらしい。女は驚くほどの美人だが、身に着けている服装から一体いつの時代の人間なのかわからなかったという。生きたものでもなく、しかもいつ頃の存在かもわからないものが自分の顔を覗き込んでいる——正面から目が合ったわけではないが横目で見るぶんでもそのことがわかり、大学生は恐ろしさのあまり気絶してしまったそうだ。そして朝を迎え、慌てて炊飯器をもとのように新聞紙とガムテープでぐるぐる巻きにしたのだが……それでこの話は終わらない」

話の展開は大体わかっているはずなのに、紗雪はハラハラして仕方がなかった。この話を津々良が知っているということは、一応のオチはついているということだ。それならば、早く結末にまでたどり着いてほしいと思う。

「次の日の夜も、また次の日の夜も、大学生の枕元には様々なものがやってきては顔を覗き込むんだ。最初の夜の女ではない、老女や、男や、子供が。目を開けずにやり過ごすが、そう何日も同じ目に遭ってはやっていけない。安易に捨てるとどうなるかわからないから疲弊しきって、このままでは死んでしまうと思って、ようやく大学生は寺へ助けを求めたらしい。そして、寺からそういったものを処理するのに長けた人間のもとに話がいき、無事処理されたというわけだ」

「……よかった！」

この手の話は語り部は生きていることも多いのだが、それでも最後まで大学生の安否が心配だった紗雪は心底ほっとした。だが、喜ぶ紗雪に津々良は首を振る。

「この大学生は無事だが、残念ながら炊飯器を預けた先輩は行方不明になっている。失踪なのか、何なのかわからないが、とにかく安否不明だ。おそらくは……無事ではないだろう」

「そんな……」

「処理できる人間がいたからよかったものの、その炊飯器はとんでもない代物だったのだ。大学生が無事だったことも、奇跡に近い」

創作怪談ではなく実話だから、きれいにオチがつかないことも当然あるだろう。だが、津々良の口から聞かされると、これが人を怖がらせるための話なのではなく、本当に怖いことなのだとより強く感じる。

「私がこの話を耳にしたのは、呪いの炊飯器が、長らく実在が疑われていたとある呪術だろうと言われているからなのだ。戦前に作られたとされる邪法で、書物に残っているわけではなく口伝というか人の噂話でのみ語り継がれたものだった。だから、その呪術が実在し被害を出したという話は同業者たちの間で瞬く間に共有され、山にいたミチオのもとにまで届いたというわけだ」

「かなりの騒ぎだったんですね。……その呪術は、人を呪い殺すための道具か何かですか？」

恐ろしい呪術なのはわかったが、誰が何のためにそんなことをしたのだろうということが気になってしまう。呪いのアイテムだなんて知らずに手にして巻き込まれるというのでは、あまりにも理不尽だ。

「いや。『死者が訪れるための呪術』と言われている」

「死んだ人に会える呪術ってことですか？　亡くなった家族とか、ご先祖さんとか」

「それだと『死者に会える呪術』と言われるだろうが、これは違うんだ。どこの誰ともわからん幽霊が現れる。幽霊は、会いたい人物がいるから此岸《しがん》にやってくるんだ。そして、寝ている大学生の顔を覗き込んでいたのは、彼が自分の会いたい人物かどうか確かめていたということだな」

どうやら単純な話ではないらしく、紗雪の理解が追いつかなくなってきた。

「つまり、目的があるのは幽霊のほうで、生きた人間が目的を叶えるための呪術ではないということだな」

困った顔で首を傾げる紗雪を見かねて、道生が補足してくれた。

「どういう仕組みかはわからんが、呪いの炊飯器を出口として、現世に用のある幽霊たちがやってくる。その幽霊たちの目的は会いたい人間に会うことだから、出口の先にいた人間が目当ての人物か確認しているのだ。そしておそらく大学生が死なずに無事だったのは、どの幽霊とも正面から目を合わせずに済んだからだろう。もし目を合わせていたら――入られていた」

道生の話はわかりやすいだけに、怖さも直接的だ。もう夜中に気配を感じても、目を開けることができないかもしれない。

「幽霊たちの目的は、会いたい人に会うこと。年代がバラバラの幽霊が出てきたという話だから、果たしてそもそも目当ての人物が存命かどうかすら怪しいが、幽霊にそんなことは関係ない。目的の人物に会えるまで現世に留まりたいよな？　そのための器として、目が合うと体に入られてしまうというわけだ」

「ということはもしかして、いなくなった先輩は入られてしまったんでしょうか？」

「それはわからん。だが、その可能性はある。入られて衰弱して錯乱したか、もしくは別の厄災を引き当てたか。とにかく生きた人間が関わったところで欠片も得することがない物品だったというわけだな」

道生の話はわかりやすくまとまっていたため、紗雪にも理解しやすかった。だが、それだけに引っかかりが残る。

「そんな、生きてる人間には何の役にも立たない呪術、誰が何のために考えたんでしょうか……？」

「わからん。だからこそ、長らく実在が疑われていたんだ。手順についても噂で伝えられているが、とても成功するとは思えない。しかし、実際にやってのけた人物がいるということだ。運良くそういったものの処理に長けた人間がいたからどうにかなったが、問題は誰がどうしてそれを作り、なぜ大学生の先輩の手に渡ったかはわかっていないということだな。……だから、同業者にこそこんなものに安易に近づいてほしくないんだがな」

長い話を経て、ようやく津々良の言いたかった本筋に戻ってきたのだとわかって、紗雪は思わず溜め息をついてしまった。

力がない自分も、力がないからこそ怪しげなものに近づいてはいけないとわかる。そして、そのことがわからなかった楓に津々良が失望した気持ちも、よく理解することができた。

何も知らない普通の人が興味本位に手を出してしまうならいざ知らず、日頃祓い屋として自身も仕事をして、身内の働きぶりも身近で見ているはずの彼女がそんなことをするなんてあってはならないことだった。

「あの、この壺は何だったのでしょうか？　呪いの炊飯器と同じ呪術ですか？　うちで処理するって言ってましたけど……大丈夫なんですか？」

津々良はかつて祓い屋をしていたが、力の減衰により拝み屋に転向したと聞いている。今日明日死ぬというわけではないが、昔のような激しい力の使い方をすれば命に関わると聞かされているから、紗雪は危ないことをさせたくない思いで尋ねた。

見ることしかできなくても、少しでもそれが恩人である津々良の役に立つならと、助手としてそばにいる決意をしている。だから、彼が危険なことをしようとしたら止めなければならないのだ。

「大丈夫だ。これはたぶん、呪いの炊飯器を真似て作ろうとしてなり損なったものだ。もしこれが例の炊飯器のように術が成立しているなら、こんなふうに部屋の中に平気で置いておけるものではないからな。最近、この界隈で有名どころの呪物を真似たまがい物が出回っていると耳にした。おそらく同業者の端くれの仕業だろうが……とにかくなり損ないなら時間をかければ、鎮めて清めて、滅することができる。それにもちろん、私ひとりでやる気はない。こういったことは得意分野で持ち回りだ。私は自分の得意な領分をこなしたら、次の工程が得意な人へ託す」

「それなら、平気ですかね……」

「心配するな。無茶はしない」

胸の内を見透かすように、津々良が柔らかく微笑んだ。その微笑みを見ると、自分の存在がわずかでも彼が無茶をしないためのストッパーになれればと、紗雪は思わずにはいられなかった。

そのあと、壺を津々良の部屋の近くの空き部屋に運び込み、処置が施された。まずは簡易的な処置をということで、津々良は道生とふたりで藁縄《わらなわ》に紙垂《かみしで》を垂らしたしめ縄のようなものを作っていた。それから祝詞に似た古い言葉の呪文を唱える声がしばらく部屋から聞こえていたが、紗雪は中の様子を見ることはできなかった。

「同業者の誰か、などという曖昧な言い方をしたが、おそらく津々良家や日下家のような、いわゆる名門と呼ばれる家柄をよく思っていない人間の仕業だろうな。権威を失墜させようと、楓のような人間にまがい物を摑ませたのではないかと思う。こうして私のもとに持ち込まれた以上、津々良家が売られた喧嘩だから、私が処理するしかないわけだ。……馬鹿らしいがな」

そういったことを離れにこもる前に教えてくれたが、それ以上のことは語ってくれなかったし、当然手伝えとも言われなかった。

助手のつもりでいるのは自分だけで、実際は不思議なものを見る目を持つだけの事務員だ。だからこんなふうに本格的に拝み屋の仕事を津々良がするときは、邪魔にならないようにしていることしかできない。

暇にしているのも落ち着かないし、ちょうどお昼ご飯時だったこともあり、紗雪は着替えてから食事作りに取りかかった。

作るのは、最近佐田に教えてもらった冷やしラーメンだ。暑いとどうしても昼食は蕎麦や素麺《そうめん》ばかりになってしまうからややマンネリ化していたのだが、この冷やしラーメンは何度か作っても好評だった。

特に道生はこれを気に入っており、「あの汁のある冷やし中華はいいな」と言っている。冷やしラーメンだと説明してもどうやらあまり区別がつかないらしい。

冷やしラーメンに一番大切なのはスープ作りで、それができてしまえばもう完成したようなものだ。佐田から教えてもらったレシピは鶏ガラの顆粒出汁と昆布茶を使うのがポイントで、それらをお湯に溶かして、あとはごまや酢や鰹節などを加えて冷蔵庫で冷やしておけばいい。

いつものトッピングはゆで卵とキュウリとハムくらいなのだが、道生が冷やし中華と間違うくらいだからトマトを乗せてもいいのかもしれない。それに、紗雪は野草摘みをしてからというもの薬味にハマっているから、ミョウガも刻んで乗せることにする。

「お、今日は汁のある冷やし中華か！」

麺を湯がいて氷水で締めていると、仕事を終えたらしい道生がやってきた。その後ろには津々良もいる。飲み物を取りに来たのだろうと察し、紗雪はふたり分の麦茶を用意した。

「今日はトッピングにトマトとミョウガも乗せてみようと思うんです。あ、カイワレも乗せますか？」

「何だかサラダのようになってきたな。だが、味の邪魔になるものでもないから乗せてみるか」

「味の邪魔をしないといえば、ゆでエビなんかを乗せるのもきっとおいしいでしょうね」

紗雪があれこれ考えるのを聞いて、道生が笑った。

「いや、なかなかに欲張りなメニューになってきたと思ってな」

「あ……確かに、乗せすぎかもしれません」

盛りつけた冷やしラーメンの器を見て、そのトッピングの多さに紗雪は気がついた。頭の中ではこれにさらに何か乗せようとしていたのだから、確かに欲張りと言われても仕方がない。

「それにしても、人の欲というのはどうしようもないな。欲があるのは悪いことではなく、むしろ普通のことだと言えるわけだが、ありすぎるのは考えものだ」

麦茶を飲み干した津々良が、しみじみと言った。彼が言っているのは紗雪のトッピングへの欲のことではなく、楓のような人のことだろう。

「願いを叶えるアイテムがもしあれば、渡瀬さんはどんなことを願う？」

麦茶を飲み干した道生が尋ねてきた。

「何も恐ろしいことは起きない、という前提でならどうだ？」

紗雪が露骨に顔をしかめたからだろう。道生がニヤッと笑って言い添えた。

先ほど願いを叶える代償の話を聞かせられたのだから、もしもの話とはいえ何を願うかなどと簡単に考えることができない。

「願い？　願いですか……特に何か、困ってることはないんですよね」

「何でも叶うんだぞ。たとえばの話で、言うだけはタダなんだ」

「えーっと……じゃあ、百万円ほしいです」

いろいろ考えた結果、紗雪は言った。今の生活に不満はないが、宝くじに当たるような感覚でお金がもらえればと考えたのだ。そうすれば、何かおいしいものを親しい人と食べることができるし、何かあったときの貯えにしておける。

そんなふうに考えての発言だったのだが、それを聞いて津々良が笑った。

「百万円？　渡瀬さんは欲がないな。それっぽっちでいいのか。ランプの魔人も驚くだろうな」

「そ、そうですかね……」

笑われてしまうと、途端に不安になってくる。そこで紗雪は、どうせならもっと突拍子もない金額を言ってみようと考えた。

「じゃ、じゃあ、五千兆円！」

「五千兆円！　夢のある数字だな！　いいないいいな」

「そうでしょう？　これならたくさんおいしいものが食べられます」

「食べ放題だな！」

勢いよく言ったのがよかったのか、道生が大笑いした。そしてふたりで食べたいものについて話していると、津々良が苦笑いとともに溜め息をついた。

「夢のある金額なのは結構だが、ふたりはこの国の年間国家予算がいくらか知っているか？」

現実的なことを尋ねられ、紗雪も道生も途端に黙った。だが、ふたりとも津々良の問いには答えられそうになく、気まずい顔で首を傾げるしかなかった。

第五章

心強くするもの

楓から壺を引き取って十日ほど経ったある日のこと。

蔵の中に連れて行かれた紗雪は、先日の壺を前に目を閉じて言った。

「……大丈夫、ですね」

津々良が鎮め、さらに別のところで清められたこの壺は、害がなくなったようだということでまた津々良家に戻ってきた。

そして、どこからか噂を聞きつけて古物商の雨宮が引き取りたいと言ってきたそうだ。そのため、わずかにでも何か残っていないかどうかの確認を紗雪がしていたのだ。かすかなものの場合、それは津々良や道生には気がつきにくいものだから。

〝外の目〟を閉じることで〝内の目〟を強く意識することができる。すると、日頃見えているのとは違ったものが見えてくることがあり、それで微弱なものや隠れようとしているものの存在を暴けるのだ。紗雪はこの〝内の目〟で見て、以前依頼人の家を訪ねたときに津々良よりも先に問題の核となるものを見つけたことがある。

まだ完全にコントロールできるわけではないのだが、少しずつ内の目で物を見る練習をしている。

「そうか。なら、雨宮に引き渡しても大丈夫だな」

紗雪が確認したことで、ようやく津々良は安心できたようだ。彼は紗雪を労うようにポンと頭を撫で、少し微笑んだ。

「津々良さんや他の同業者の方が確認して大丈夫でも、やっぱり不安はあるんですか？」

「もちろんある。以前にも言ったが、私は時間をかければ微弱なものも見ることができるが、あまり得意ではない。微弱だからといってそれを見落とすことは、後々面倒なことに繋がるかもしれないからな。複数の目で見て、それで大丈夫だと確認が取れたほうがいい。工場製品と同じで、末端の確認作業も軽んじることはできない」

「そういうことなんですね」

紗雪はわかったようなわからないような自分でもまだ自信が持てない状態で、ひとまず頷いた。津々良の言っていることが理解できないわけではなく、自分の持つ〝力〟をまだ信じきれていないのだ。

津々良の役に立ちたいとは思う。だが、まだできることなどほとんどなくて、ただ〝見る〟ことしかできない自分が役に立てているのだろうかと、そんなことを考えてしまうのだ。

「雨宮が電話口で何やら不穏なことを言っていたんだが……顔を合わせて気分がいい類の人間ではない。渡瀬さんが嫌なら、あの男が来ている間は姿を見せなくてもいいが」

蔵を出て、少し考える様子で津々良は言った。先日の訪問で雨宮が何やら紗雪に興味津々だったことと、紗雪自身の警戒心のなさを心配しているのだろう。

心配はありがたいのだが、そんなふうに奥に隠れているままでは成長できない。だから紗雪は首を横に振る。

「隠れているのも、何となく嫌なので。それで、雨宮さんはどんな話をしていたんですか?」

「それが、自分も見てもらいたいものがあるから持っていく、という話だったんだが、声を潜めて『もしかしたらやばいものかもしれません』なんて言っていたんだ。あいつの言う〝やばい〟がいいものなはずはない。用心するべきなのだろうな」

津々良が腕組みをしてそんなことを言ったところで、ちょうど門のほうから声が聞こえてきた。

以前の訪問のときはひょっこり庭に現れてから声をかけてきたのに、今日は門のところで声をかけてくるのだろうか。この前のように勝手に入ってくればいいのにと思いながら門のほうへ歩いていった紗雪は、そこで見たものに驚いた。

「雨宮さん!? どうしたんですか?」

門を一歩入ったところで、雨宮が倒れていた。声が聞こえたと思ったのは、倒れて呻《うめ》いていたかららしい。先日のように背中には木箱を背負っていて、胸には何か布の包みを抱えている。

紗雪が近づいてきたのに気がつくと、雨宮は苦しみながら顔を上げて何かを訴えようとしてきた。

「……こ、これを……」

「何ですか？」

胸に抱えた細長い包みを雨宮は紗雪に渡そうとしてきた。それに気がついた津々良もそばまで来る。

「これは……木剣か？」

「はい。……廃祠《はいし》か合祠《ごうし》かわからんが、なくなった神社の御神体らしいんです。わけあって手元に流れ着いて。だが、どうも曰くつきの危険なブツだったらしくて……」

津々良の問いに答えたかと思うと、雨宮がこれまで以上に苦しそうにもだえ始めた。

その瞬間、空に突然光が走り、その何秒かあとに空気が割れるほどの轟音が轟いた。

先ほどまで薄く曇っていたくらいだと思っていたのに、あっという間に頭上には真っ黒な雲が広がり、気がついたときには大粒の雨が叩きつけるかのように降ってきた。

苦しむ雨宮、なくなった神社、流れ着いた御神体――耳にしたキーワードを繋げて考えた紗雪の頭には、〝祟り〟という言葉が浮かんだ。手にしてはいけないものに触れたから、雨宮は祟られてしまったのではないかと。

そう思いたくなるくらい雨はひどく、空にはまた稲光が走った。

「どうした？　何があった？」

騒ぎを聞きつけたのだろう。道生が庭から回り込んで走ってきた。その腕には泥まみれの毛玉を抱いている。よく見ればそれは夜船で、どうやら庭で突然雨に振られて困っていたのを捕まえたようだ。

「あの、雨宮さんが苦しがってて」

「何と……！」

道生も雨宮の姿を見て驚いているが、腕の中の夜船が「ふしゃー」と威嚇するため近寄れない。紗雪も道生も、ただオロオロするしかなかった。

「渡瀬さん、下がっていなさい」

目の前で苦しむ雨宮にどうしていいかわからず戸惑う紗雪とは違い、津々良は落ち着いていた。

津々良は雨宮に近づいて屈むと、何事かを低く唱えた。そして、気合いを込めた平手を二度三度と雨宮の背中に打ち込んだ。

そのとき、紗雪には津々良の目の色が淡い金色に変わるのを見た。それは、彼が能力を使った証だ。他の人の目にどう映っているかはわからないが、紗雪にはそう見えている。

そして、雨宮の背中から何か煤《すす》のようなものがザッと噴きあげるようにして出ていくのも見た。

「いてててて……いやー、助かりました。やはり、旦那の平手打ちは効きますな。コリも何もかも吹き飛んでいくようだった」

先ほどまでのたうち回っていたのとは打って変わり、雨宮はケロッとして立ち上がった。その顔にはニヤニヤした笑みが浮かび、先日見たときと同じ様子だ。

心配して見ていただけに、紗雪は驚いて声も出なかった。

「あまりふざけないでくれ。うちの若いのが怯えるだろう」

「いやいやいや、本当に何かに取り憑かれた気がしたんですって」

「取り憑かれる？　お前がか？　大抵の災いのほうがお前を見たら逃げ出すだろう。祓っても祓ってもお前は厄を溜め込むだけだ。溜め込みすぎて生きながら妖怪になりかけているような存在だな」

はっきりと軽蔑の表情を浮かべる津々良に対し、雨宮はなおもヘラヘラしている。この男が真剣な顔をすることなどあるのだろうかと疑問に感じたことで、先ほどの様子もすべてふざけていたのかもしれないと思い至る。

「ふたりとも、安心しなさい。これはこの男の狂言だから」

未だに事態が飲み込めず呆然とする紗雪と道生に、津々良は落ち着いた声で言った。

「嘘ってことですか？　でも、雨宮さんが苦しみだしたと同時に雷と雨が……」

雨宮が嘘をついているというのはすぐに信じられても、目の前で起きたことへの納得ができない。まるで祟りか何かのように突然天気が崩れ、激しい雷雨に見舞われたとなると、一体どこまでが嘘で何が真実なのかわからなくなる。

「雨や雷も、こいつの策のうちだ」

「雨宮さんは、天気を操れるんですか……？」

当然の疑問を口にしただけなのだが、それは雨宮の気に入るところだったらしく大笑いされてしまった。そしてこの男の機嫌がよくなったことで、津々良が不機嫌になる。

「お嬢さん、やっぱり面白い人だ」

「この男に天気が操れるわけがないだろう。だが、予測はできるからな。今は天気予報も精度が上がっているし」

呆れと心配がにじむ表情で津々良に見つめられ、紗雪は雨宮に騙されたことが恥ずかしくなった。雨宮が上機嫌でいることにも腹が立つ。

「つまり雨宮さんは、狂言に信憑性を持たせるために、わざわざ雷雨が来るのを見計らってここへ来たんですか？」

「腹の立つ話だが、そういうことだ。この男は、自分の楽しみのためには平気でそのくらいのことをやってのけるのだ。今日は渡瀬さんという格好のカモがいたから、演技にも熱が入ったのだろう」

「……ひどい」

騙された自分が悪いと思いつつも、わざわざ自分を騙すために気合いを入れてやってきた雨宮に腹が立って仕方がなかった。苦手意識を持ちながらも、何かあったのではと心配したのに。本気で取り憑かれたか祟られたと思って心配したのに。

だが、こうして騙されてしまったのも自分が未熟だったからだとわかっているから、雨宮に文句を言う気にはなれなかった。津々良には常々、警戒心を持つよう言われていたのだ。それを怠っていたのは完全に自らの落ち度で、騙されたとはいえ、びっくりさせられて笑われただけで済んだのはむしろ幸運だ。もっと悪い人間に〝カモ〟にされたのなら、笑い話では済まない。

「……津々良さんと雨宮さんは縁側へどうぞ。タオルを持ってきますから。竹本さんは夜船さんと一緒にお風呂に行ってください。風邪ひいちゃいますから」

それだけ言い置いて、紗雪は家の中に戻った。本当は濡れた状態で家の中を歩き回りたくないが、どうせ掃除をするのは自分だ。そう開き直って紗雪は大股で家の中を闊歩《かっぽ》する。

まずは自分の体をタオルでザッと拭き、それから大量のタオルを抱えて縁側に向かった。そうするうちに体がすっかり冷えてしまい、頭に血が上っていたのもいくらか落ち着いてきた。

それでもやはり、騙された恥ずかしさと怒りは完全には静まらなくて、縁側に向かうときに表情を取り繕うことまではできなかった。

「タオル、どうぞ」

「お嬢さん、そんなふうに不貞腐《ふてくさ》れてたらだめですよ。若い女の子はニッコリしているに限る」

タオルを受け取る雨宮にまた余計なことを言われ、紗雪の中で再度怒りに火がついた。というよりも、雨宮に感じていた怒りの正体がようやくわかったのだ。

「どうして若いから、女だからというだけで、愛想の良さを求められるんですか。意味がわかりません」

紗雪は今まで、社会の中でずっと感じていたのに言えずにいたことを、やっと言葉にできた。

雨宮に妙に苛立ち苦手意識を感じていたのは、彼の中に自分を侮る気持ちを察知していたからだ。雨宮がニヤニヤしているのは、紗雪を軽んじているからだろう。それは言動の端々に現れている。

威圧的な大人は苦手だが、一見するとにこやかに見えるこの手の人間も嫌いだった。この手の人間のほうがより厄介で、時として残酷なことも知っているから。

「そのとおりだな。愛想や行儀の良さを求めるなら、それは性別にかかわらず求めるべきだろう」

紗雪の言葉を肯定するように津々良が言うと、雨宮は不満げに鼻を鳴らした。

「時代の変化ですかねぇ。昔は当たり前のように言われてきた挨拶みたいなもんで、だあれも疑問に思うような発言じゃなかったんだがなあ。あー、怖い怖い」

「怖いと言うならお前のほうが怖い。ほら、壺は持たせたんだ。もう帰ってくれ」

「へいへい。じゃ、これは置いていくんで」

津々良に追い払われても意に介した様子もなく、雨宮はニヤニヤ笑って去っていった。

そして、狂言に使うために胸に抱いていた細長い風呂敷包みは置いていってしまった。

「あの男は、何なんだ」

風呂から上がった様子の道生が縁側にやってきて、雨宮が去っていたほうを見て言った。彼の腕の中でタオルで巻かれた夜船も、名前を聞いただけで不快だと言わんばかりに威嚇の声を出す。

「あの男は職業柄、厄とは無縁ではいられないだろう？　だからああしてたまに厄落としに来るんだ」

「厄落とし……」

紗雪は津々良の説明で理解はできたものの、納得はできなかった。厄落としが必要なのはわかるが、あれではあの男そのものが厄ではないかと言いたくなる。

「何と迷惑な。『狂人の真似とて大路を走らば即ち狂人なり』と言うではないか」

道生が苦々しく言うのももっともで、紗雪もその言葉に大きく頷いた。たとえ取り憑かれたふりでもあんなおかしな行動を取るのは、雨宮がまともではないからに他ならない。

「ミチオと夜船はいいが、我々もこの濡れネズミの状態をどうにかしなければな。渡瀬さん、風呂で暖まってから着替えてきなさい。それと、今日の昼食は出前を取ろう。全員が身なりをちゃんとした頃には、雨も上がるだろうからな」

「はい」

濡れた服のままでいると風邪をひいてしまうし、仕切り直しという意味でも風呂には入ったほうがいい気がした。

紗雪はまだ気が立ったままの夜船を少し撫でてやってから、風呂場に向かった。

濡れた服を苦労しながら脱ぐと、うっすらと鳥肌が立っていた。夏だからと油断していたが、ずいぶんと体が冷えてしまっている。だが、心臓はドキドキとうるさく鳴って、体の内側は熱を持っていることに気がついた。

原因は、わかっている。たった一言とはいえ、雨宮に言い返したからだ。

これまで紗雪は、誰かに何か酷いことを言われても言われるがままだった。特に、表立って拒絶することも怒ることもできないような、笑顔で繰り出されるセクハラ発言は、曖昧に笑顔を浮かべることで乗り切ってしまっていた。

だが、それはその場をごまかしただけで、紗雪自身の心をごまかすことはできなかった。だから、そんなことを繰り返すうちに心が疲弊し、間違ったことをされていてもそれを間違いと認識することすらできなくなってしまっていたのだ。

言い返すことができるようになったのは、拝み屋である津々良を頼ってからだ。

改めて考えると、津々良は紗雪に憑いていた様々な悪いものを祓ってくれたのだ。

「お風呂、お先にいただきました」

　風呂から出て居間を覗くと、タオルで髪を拭きながら津々良が待っていた。その膝には夜船が丸まって眠っていて、津々良は困った顔をして紗雪を見た。

「雨に濡れて、嫌いな男に威嚇して、どうやら疲れてしまったようだ。起こすのもかわいそうで、どうしたものかと」

「だめですよ。津々良さんもお風呂に入ってください。私が抱っこしておくので」

　愛猫に甘い津々良は自分の風呂をやめにして寝かせてやることを優先しようとしたが、そういうわけにはいかない。紗雪は起こさないようにそっと、津々良の膝から夜船を抱き上げた。

　夜船は薄目を開けたが、抱いているのが紗雪だとわかると安心したのか、また眠ってしまった。それを確認して、津々良は風呂に入る決意をしたように立ち上がった。

「渡瀬さんは風呂から上がったのに、あまり疲れが取れた顔をしていないな。やはりシャワーだけでは禊《みそぎ》はできないか」

「え……気疲れ、ですかね。とにかく、びっくりしてしまったので」

　津々良に心配そうな表情を向けられ、紗雪は一瞬何のことかわからずにいた。だが、疲れて見えた理由がわかり、それを彼に伝えておこうという気持ちになる。

「誰かに嫌なことを言われて、ちゃんと言い返すことにまだ慣れていなくて、それで疲れてしまったのだと思います。特に、自分より年上の男性に逆らうなんてこと、ずっとできなかったので……」

今はここに来る前より、人に言い返すことはできるようになってきた。だがそれは、相手が攻撃的だったときに自衛としての言葉を繰り出せるようになったというだけだ。だから、今日のように巧妙に包み隠された悪意に対してその場で言い返せたのは、初めてだったと言えるだろう。

「言い返したことを、後悔しているのか?」

津々良に尋ねられ、紗雪は即座に首を振った。後悔は一切ない。不慣れなことをした興奮と緊張が抜けきれないだけで、やってしまったという気持ちはなかった。

「それならよかった。ようやく自分で、呪詛《じゅそ》を跳ね返せるようになったな」

紗雪の反応に、津々良は満足そうな表情を浮かべた。

「呪詛?」

「そうだ。言葉には念がこもる。それは言霊《ことだま》と呼ばれたりするものだな。だから、言葉を投げつけられたときにそれをしっかり拒絶しておかなければ、いずれその言葉が持つ言霊に縛られることになる。この世界には、そういった呪詛が溢れているのを感じるだろう？」

津々良の問いに、紗雪は頷いた。

津々良のもとに来るまでの紗雪は、まさに呪詛にまみれていた。高校時代のいじめ、社会人になってからのブラックな労働環境、それに伴うよくない人間関係。そういったものは、すべて紗雪にとって呪詛だった。

「否定的な言葉を投げ続けられれば萎縮していく。否定的な言葉はやがて否定的な結果を生むということだ」

「そうですね。私、学校や会社でずっとだめな奴って言われ続けてたので、いつしか自分のことをだめな人間だと思って、本当にだめになっていました。今も、まだ抜けきれていない部分がありますけど……」

「渡瀬さんは今日、そういった呪詛をひとつ、自分の力で撥《は》ね除けたのだ。それだけの力を、取り戻したということだな。素晴らしい進歩だ」

「ありがとうございます」

津々良に手放しで褒められて、紗雪は誇らしい気分になる。紗雪を大変な状態から救ってくれた人だからか、今は誰に褒められるより彼に褒められることが一番嬉しい。

「そういえば、竹本さんは？」

道生の姿がないのに気づいて尋ねると、津々良は庭のほうを指差した。

「庭を清めている。雨宮が許せなかったらしい」

清めると聞いて紗雪が思い浮かべたのは、塩を撒くという行為だ。だが、紗雪が庭で目にしたのは全く違うものだった。

「竹本さん、それは何かの演舞？　神事ですか？」

庭に行くと、雨はすっかり上がっていた。そこで道生は気合いの入ったかけ声と共に拳を突き出したり、宙を蹴り上げたりしていた。それは洗練され無駄がなく、ひとつ動くたびに空気の淀みが晴れていくようだった。

「これは、空手の型と呼ばれるものだな」

「そうなんですか？　てっきり、何かの神事なのかと」

「確かに武術と神事は結びついていて、刀や弓を用いた神事もあるからな。だが、俺のこれは山で師匠たちのやることを見様見真似でやっているだけのことだ。これをやると、悪い気を晴らすことができるからな」

「すごい！」

雨が上がって風が吹いてきたせいもあるかもしれないが、庭の空気は爽やかなものに変わっていた。道生の動きにそんな意味があるのなら自分もやってみたいと思い、紗雪も夜船を縁側に寝かせてから見様見真似で拳を突き出してみた。だが、非力な腕では空気を切ることができず、道生に笑われてしまった。

「夜船の猫パンチのほうがまだ強いぞ。まあ、向き不向きはあるからな。だが、自分の身を守る心構えはあったほうがいい」

「心構え？」

「難しく考えることはない。〝負けない〟と強く意識するだけでも全く違うものだ。弱気だったり無防備だったりするのはよくないからな」

「わかりました！」

道生がまた型を再開するのを、紗雪は縁側に座ってしばらく見ていた。そのうちに夜船も起き出して、一緒に見た。

動くものを目で追うのが楽しいのか、それとも道生が好きだからか、夜船はその大きな目をキラキラと輝かせて一挙手一投足を見守る。ギャラリーがいるのに気をよくしたらしく、道生も気合いを入れて型を披露した。

それは、風呂から上がった津々良が呼びに来るまで続き、その頃にはすっかり庭の空気は爽快なものとなっていた。

昼食は津々良の勧めでうな重を出前してもらい、紗雪は夢見心地で食事を終えた。

津々良家に住むようになってから食生活は改善していたが、それまではずっと碌《ろく》でもない暮らしぶりだったため、贅沢な食事自体がかなり久しぶりだった。

こんなにおいしいものを食べさせてもらっていいのだろうかと紗雪は恐縮したが、津々良に「嫌なことがあったんだ。うまいものくらい食べたっていいだろう」と言われたことで気が楽になった。そして、彼のそういった人間らしいところを新たに知ることができて嬉しくなった。

「そういえば、雨宮さんが置いていったものは本当にどこかの御神体なんでしょうか？」

食後のお茶を飲んでほっと息をついたところで、紗雪は居間の隅に転がっている風呂敷包みが目についた。雨宮が置いていった、どこかの廃社となった神社の御神体だというものだ。

「そんなわけないだろう。もし本物ならあの男が置いていくわけがないし、私が部屋の隅にポンと置いておくわけがない。……今頃昼食どころではなく、大騒ぎだろうな」

「ですよね」

どうやら危険なものではなさそうだということがわかり、紗雪は風呂敷包みを開いてみた。すると、その中には長さ六十センチほどの木剣が包まれていた。彫りや飾りは施されておらず、つるりとした触り心地だ。どこかのお土産物屋で見かけそうだなという、凡庸《ぼんよう》なデザインだ。

「それにな、神社がなくなるというときに、御神体がしかるべき場所に収められず好事家の手に渡るなんてそんな乱暴なことが起こることはほとんどないと言っていいだろう。神社を畳むときは、そこにいる神はきちんと扱われなければならない」

　津々良が不機嫌そうな様子なのを見て、彼にとっての神や仏というものがどんなものなのだろうと気になった。彼の口からことさらそういった話題が出ることはないが、拝み屋の仕事をするときには祝詞のような念仏のようなものを唱えているのを見ると、信心を蔑ろにすることはないように感じる。

「神社がなくなるとき、そこにいた神様はどうなってしまうんですか？」

　何も入っていないとわかりつつも、紗雪はつい木剣を撫でながら津々良に尋ねた。参拝客が減ったり後継者がいなかったりで廃社になる神社があるとは聞いたことがある。だが、そこにいた神様の行方についてはこれまで考えたことがなかった。

「安心しなさい。一般的に、神社を廃するときには祀ってあった神様はどこか別の神社に移っていただく。合祀というのは、聞いたことがあるだろう？　どこか気になる神社の由来について調べてみるといい。多くの神社がそういった合祀と廃社を経て、今の形に落ち着いているということがわかるはずだから」

津々良の話を聞いて、ひとまず紗雪はほっとした。だが、少し引っかかることがある。

「〝一般的には〟ということは、合祀されない神様もいるってことですか？」

「鋭いな。そうだ。日本書紀や古事記に登場するような、由緒ある神々は合祀されることがほとんどだが、そうではないその土地独特の土着の神などは、人がいなくなってしまったあとでは由来を探ることができず、そのままということになる」

「そのままって、消えてしまうんですか？」

神様というものがどのような存在なのかわからないながらも、紗雪は神様の行方が気になってしまった。それまで人に祀られ、大事にされていたはずなのに、放っておかれるようになったらどんな気持ちがするだろうかと、まるで自分と変わらない存在のように考えてしまったのだ。

「神のような我々とは異なる位相の存在の声を聞くことができるという人から聞いたことがあるんだが、そのまま消えることを選ぶ神もいれば、長い眠りにつくことを選ぶ神もいるらしい。……俺にはよくわからんがな。だが、どちらにせよ、その神が選んだことならば、人間が悲しむのも筋違いかもしれんな」

「……そうですね」

津々良の代わりに道生が答えてくれたが、それはさらに紗雪を切なくする答えだった。

雨宮がどこかの御神体と偽って何の変哲もない木剣を置いていった日から、紗雪には新しい日課ができた。嫌な人間が置いていったものだが、ものに罪はないと考えたのと、妙に気にいるデザインだったことで、木剣を手元に置くことにしたのだ。

何も宿らない、曰くもない木の板だから「夜船の爪研ぎにでも使ったらいいだろう」と津々良には言われたのだが、紗雪は自分の部屋に持ち帰って飾ることにした。飾るだけでなく、毎朝の掃除が終わったあとはそれを剣舞をイメージして振るってみたり、それが終わったあとは布で磨いてから祈ってみたり、特別なもののように扱っている。

道生に「自分を守る心構えがあったほうがいい」と言われたのもあり、まずは彼が気を込めた拳や蹴りで場を清めるのを真似て、気合いを込めて剣を振ってみているのだ。

少し前、夢の中でよくわからない場所に繋がってしまったとき、得体の知れないものに追いかけ回されて怖かった。あのとき、戦う術なり対処する方法なりを知っていたなら違っていたと津々良に言われたのがずっと気がかりだった。

そして、道生に〝自分を守る心構え〟とは〝負けないと強く意識すること〟と言われてから、その強い心を持つための何か行動を起こしたいと思っていた。

それがこの、毎朝の剣舞の真似事とお祈りとなったわけだ。

武道を嗜《たしな》む人が毎朝の素振りや型の確認をするように、信心深い人が仏壇や神棚に欠かさず手を合わせるように、日々積み重ねていくことで自分の中で何かが本物になればいいと思いながら取り組んでいる。

「あれ？　夜船さん、どうしたの？　朝ごはんのおねだりですか？」

紗雪が剣舞の真似事を終え、ほっと息をついたところで夜船が廊下を駆けてきた。

「なーん」と機嫌よく鳴いて、とことこと足元まで寄ってきた。

じっと見上げてくるその視線は、「何してるの？」と尋ねてくるようだ。何となくではあるが、紗雪は以前より夜船と意思疎通が取れるようになってきた気がする。

「最近ね、ちょっと新しいことに挑戦してるんだ。こうやって剣を持って強く！　優雅に！　踊って、悪いものを追い払えたらいいなって」

せっかく興味を持ってくれるならと思い、紗雪は気合いを入れて夜船の前で自分なりの剣舞を披露しようとした。だが、動く剣が気になったのか、夜船はぴょんと跳ねて飛びかかろうとし、もつれるような動きになってしまう。

「だめだよ、夜船さん。遊んでるんじゃないんだから。それでね、終わったら手を合わせるのよ。『今日も一日よろしくお願いします』って」

紗雪は夜船を捕まえて、その前足を摑んで肉球と肉球を合わせさせた。そして、一緒になって木剣に頭を下げる。

「猫を相手に、一体何をしているんだ？」

声をかけられて伏せていた顔を上げると、津々良がおかしいのを堪えるような表情で紗雪たちを見ていた。

見られていたのは恥ずかしいが、おかしなことをしていたつもりはない。だから紗雪は、ぴんと背筋を伸ばす。

「津々良さん、おはようございます。この木剣に何かいいものが宿るようにって、願いを込めて手を合わせてました」

「何だ、それは」

「人形に魂が宿ったり、花瓶に人の念が取り憑いたり、ものには何か宿るんだなって。それなら、この剣に毎日いいことを願えば、いつか本当に素敵なものになるのかもって考えたんです」

紗雪がそう言って木剣を差し出すと、津々良は不思議そうに首を傾げながらそれを受け取った。この数日、布で磨いているため、木剣は最初に見たときよりも木肌に艶が出てきている。

「思う力が本当に強ければ実現できるかもしれないが、そのためには自分なりの根拠がいる。思い込みのきっかけというべきかもしれんが。この剣が来てからすごくツキがいいとか、健康になったとか、信心の欠片のようなものが」

「本当ですか？　何らかの験担《げんかつ》ぎに使うことができれば、効果が出てくるってことですよね？」

津々良の言葉に希望を見出して、紗雪は目を輝かせる。しかし、津々良はおかしそうに笑った。

「ただの木にもしそんなに熱心に願掛けできるのなら、きちんとした神様に祈ったほうがご利益があるだろう」

「え？」

「その木剣が神様になるのを待つより、神社に行ったほうが早いと言ったんだ」

「あ……そうですね」

この木剣に何かを宿らせる気満々だった紗雪は、津々良の指摘によって当然のことを思い出した。ものに何か宿るとしても、それは一朝一夕《いっちょういっせき》の話ではない。それなら、その信心はすでにある神に向けたほうがいいというのはもっともなことだ。

「旅行先で、そこの土地の神社に参ることにしよう」

「……そうですね」

神社に参ることはやぶさかではないが、紗雪の気持ちは今それどころではなかった。せっかくの朝の新しい日課だったのにと思うと、しょんぼりしてしまう。

「だがまあ、神様にはならずとも相棒にするのはいいことだろうな。毎日そうして構ってやれば、あなたのことを助けるものになるかもしれん」

「相棒……」

「何かの道具を使うとき、新品よりも手に馴染むもののほうがいいだろう？　それは使い慣れているというのもあるかもしれんが、長く使われれば道具も持ち主に応えようとするからだと私は考えている。何にせよ、気持ちを込めてものを使うことは悪いことではない」

「そっか！　そうですね！」

この数日の行為や考え方自体が間違っていたわけではないと言われたことで、紗雪は俄然元気になった。それに、津々良に提案された〝相棒〟という言葉の響きが気に入った。

「自分の思いを込めて使い続ける道具、強く信じられるもの、心の拠りどころとなる人物や物――そういったものを持てるようになるといいな」

「わかりました。あ、そろそろ朝食の準備をしに行かないと」

津々良との会話はためになるし面白いが、ほどほどにして切り上げねばと、紗雪は足元にじゃれつく夜船を抱き上げた。だが、何かを思い出した様子の津々良に止められた。

「そうそう。今朝はミチオが朝食を作ると張り切っていたから、渡瀬さんはゆっくりしていいと思うぞ」

「え？　お待たせしちゃったんですかね」

「いや、パンが食べたかったと言って起きてすぐ近所のパン屋まで走っていったようだ。山での生活ではパンはほとんど食べられんらしく、たまに無性に食べたくなるそうだ」

「竹本さんがパン食……」

紗雪の中でやはり道生は山伏のイメージで、そのせいかパンを好んで食べるというのは意外だった。だが、朝起きてすぐパン屋まで走っていったという姿を想像すると妙にしっくりきてしまった。

「あいつはな、山で危険な目に遭ったとき、『このままもしここで死んだらパンが食べなくなる！』と思って踏ん張るらしい。それで無事に帰ってくるのだから、たいしたものだよな」

「パンで、踏ん張る……」

「そうだ。だから、拠り所は大事ということだな」

自分にとって拠りどころとは何だろうか——そんなことを考えながら過ごしたからだろうか。

紗雪はその日の夜、夢の中でまたどこかへと迷い込んでしまった。

夢の中、紗雪は気がつくと森の中を歩いていた。

先ほどまでは確か、古びた洋館の中を歩いていたはずなのに。眠る直前まで見ていたホラーゲーム実況動画の内容をなぞるように、自分の足で洋館の中を探索する夢だった。恐ろしいものに追いかけられ、やりすごし、それを解決するために必要なアイテムを探し、求められる手順を踏んで怪異を封印してやったのだ。

そしてようやく館を脱出したと思ったら、森にいた。

唐突に森に出たことで、先ほどまでの洋館での出来事が夢だとわかった。森の中にいる今この瞬間も、夢だとわかっている。

夢を見ているのだとわかる、いわゆる明晰夢というものを見るのが最近の紗雪にとっては珍しくないことになりつつあるが、この森の夢は何だか妙だった。

空気感とでも言うべきものが、妙に現実的なのだ。

森の中は明るいが、白く霧がかかっている。両手の届く範囲は見ることができるものの、それより先はやや視界が怪しい。そうやって視覚が制限されているぶん、そのほかの感覚が鋭くなっている気がする。

湿った草の匂いがするし、足の裏はそれを踏みしめるひんやりとした感触がある。肌にまとわりついてくる空気も、湿度を伴っているがむしむしするというより体温を奪っていくような感じだ。

夢なのだろうなと思うのは、靴を履かずに裸足でいる足元や、夏なのにひんやりとした空気に違和感を覚えるからだ。どれだけリアルだと感じても、これは現実ではないとわかる。

「……困ったな」

思いつめないように、紗雪はとりあえずそう口に出してみた。夢の中で過剰に恐怖を感じるとそれに反応して、何か悪いものが寄ってくることがわかっているからだ。しかも質《たち》が悪いことに、それに恐怖すればするほど、相手は力を増してしまう。さらに悪いのは、その存在は夢かどうかもわからないことだ。

見知らぬ竹林を歩いていたら追いかけてきた何かも、悲しみを訴えかけてきた歪《いびつ》な人形も、どちらも夢であって夢でなかった。

だから、この森の中で何か現れても、夢の存在ではない可能性が高いのだ。なぜだかわからないが、紗雪は夢の中でどこかに迷い込んでしまったり、何かを招き入れたりしてしまうから。

「よし、行こう」

このまま立ち止まっていても埒《らち》が明かないとわかっているから、慎重に歩き出した。露で濡れた草の上を歩く感触が気持ち悪い。この夢の妙なリアルさを感じてしまうのが嫌だ。

だが、そんなふうに妙にリアルだと感じてもこれが夢だとわかるのは、試しにつねった頬も二の腕も全く痛くなかったからだ。夢を見ているのだと明確に意識しているのに、覚めることができない。

「……夢なら、好きにしたっていいよね」

面白みのない景色の中を歩いているうちにだんだんと嫌気がさしてきた紗雪は、何だか強気になった。強気になってイライラして、目の前の霧を晴らそうと腕を振り回してみた。

頭に思い浮かべるのは、以前紗雪についていたという蜘蛛の糸を払ってくれた津々良の指の動きだ。人差し指と中指を揃えて伸ばし、親指を沿わせて剣のような形にして、それで宙を切り裂くのをイメージする。

「あ……！」

すると見事に霧が晴れ、わずかに視界が開かれた。そして、気がつくと指で作った剣ではなく、本物の剣が手に握られていた。紗雪がここ最近かわいがっている、あの木剣だ。

「相棒、来てくれたんだ！　さすが夢……」

相棒の出現に気が大きくなった紗雪は、それをブンブン振りながら森の中を進んでいった。霧さえ晴れてくれれば、不安感が大分薄れる。それに、歩き続けていればいずれ森を抜けられると思えるようになった。

そうやってひたすら歩いていると、ふっと道が開けた。そして、少し先に小さなお社があるのが目に入った。

それは神社と呼ぶには小さく、古ぼけて見える。規模でいえば複数の祭神が存在する神社の境内にある末社くらいの大きさだ。

その社が目に入った途端、紗雪はどうしようもなくそちらに行きたくなった。呼ばれていると、強く感じた。

もしかしたら、あの社に向かって歩いていくのが夢から覚めるための正解なのではないかと、そんな気持ちになった。

だが、足を向けようかと考えると、体がどうしようもなくそれを拒んだ。何か、強い引っかかりを覚えるのだ。

行きたい、行かなければと思うのと同時に、行ったら戻れなくなるという気持ちも湧いてきた。

「……戻れなく、なるのは困る」

重たい足を引きずってお社へ向かいかけていたのを、紗雪は強く意識して止めた。心は行きたがっているのを、頭で考えて阻止したという感じだ。

今ここで拒否しなければ、きっと帰れなくなってしまう——それがわかったから、紗雪はお社から離れるように歩き出した。

帰りたい——そう強く願ったとき頭に思い浮かんだのは、津々良の姿だった。頭の中で彼は、いつもの落ち着いた顔で手招きをする。それを見て、そちらに行けばもう安心だとわかった途端、足が軽くなって、気がつけば走りだしていた。

すると、離れたところに光が見えてきた。

森の中は暗くはないはずなのに、その光は確実に周囲よりも明るかった。そして耳を澄ませると、その光の向こうから声が聞こえてきた。

『紗雪さん、紗雪さん』

「……津々良さんの声だ！」

日頃と呼ばれ方は違うが、その声は間違いなく津々良のものだった。光の向こうから津々良が呼んでいる。

呼ばれ方が違うのは、もしかしたら願望の表れなのかもしれないし、そもそもこの声自体が紗雪が望んだからなのかもしれない。だが、それでもこの声に従えばいいと確信できた。

光に向かって駆け抜けていく途中、猛烈に後ろ髪を引かれる思いがした。ちらりと振り返ると、お社が見える。呼ばれているのだとわかったものの、それを振り切って光の中に飛び込んだ。

帰らなくちゃ、津々良さんと旅行に行くんだもん――お社に惹かれる気持ちに言い訳するみたいにそう思ったところで、目が覚めた。

「無事に目が覚めたか」

「……っ、津々良さん⁉」

目を開けた紗雪の視界に入ったのは、驚くほど整った津々良の顔だった。心なしかやつれた様子の彼は、紗雪が目覚めたのを見てあからさまにほっとした。

「津々良さんがここにいるってことは、私、また寝坊を……？」

いつぞやのことを思い出して焦った紗雪は枕元に置いたスマホを確認したが、いつも起きる時間よりも三十分は早い。つまり、この前のように寝坊をしたから呼びに来たわけではなさそうだ。

「寝坊で呼びに来たのならよかったんだが、そういうわけではない。昨夜遅く、結界に反応があった。良からぬものが侵入……というより、こちらに軽くちょっかいをかけてきているのがわかって、もしやと思って見に来たら渡瀬さんがうなされていた。夢で接触されているなと思って、起こしたんだ」

「これ……津々良さんが持たせてくれたんですか？」

紗雪は自分が相棒の木剣を手にしているのに気がついた。夢の中で振るったと思っていたが、どうやら現実でも握っていたらしい。

「面白い動きをしていたから戦っているのかもしれないと思い、持たせてみた」

「面白い動きって……助かりました。霧がかかった森の中を歩いていて、視界が悪かったのでどうにか霧を払えないかなって思ってたんです」

「なるほど。それで、霧を払って帰ってきたというわけか」

「そうなんですけど……」

目覚めてから夢の中のことを思い出すと、そのとき感じなかった気味の悪さのようなものを感じた。特に、あんなに心惹かれたあのお社のことを思い出すと、怖気が走った。

「森の中に、お社があったんです。すごくそこに行きたくて、行きたいな、行かなくちゃって思ったんですけど……帰りたいっていう気持ちのほうがわずかに強かったので、どうにか振り切って帰ってきました」

津々良との旅行のことを考えていたとは、ちょっぴり恥ずかしくて言えなかった。だが、こうして無事に帰ってこられたから、楽しみがあってよかったと思う。

「社か。おそらくは信仰を失くし寂しい気持ちでいた神が、人恋しくてあなたの夢と繋がったのだろう」

「寂しい神様、ですか」

「信仰を、人の気持ちを、取り戻したかったんだろうな。だが、そんなものを神と呼ぶわけにはいかん」

お社が神のものだったとわかって、あの強烈に惹かれる気持ちに納得がいった。惹かれるがままお社のほうに行っていたらどうなっていたのだろうと思うと、ものすごく恐ろしい話だ。何かに追いかけられるより、歪な人形を前にするより、今回のほうがよほど危険な目に遭っていたとわかる。

「旅行前に一度、近所の神社に挨拶に行ってきなさい。よからぬものに目をつけられないよう、由緒正しき神に存在を覚えておいてもらうんだ」

「神社……そういえば、まだこのあたりの神社には一度もお参りしたことがありませんでした。ご挨拶をしないのは、よくないことだったんですね……？」

「神に挨拶をしていないから悪いことが起きた、というわけではない。あなたのような体質で悪いものに目をつけられやすい人は、きちんとした神に存在を認識してもらっておいたほうがいいということだ。神と縁を繋いでおけば、心強いからな」

「ご近所付き合いをしておいたほうが生きやすい、という感じですか？」

「概ね、その理解でいい」

紗雪に伝えるべきことは伝えたという感じで、津々良は立ち上がった。用は済んだから部屋を出ていくということだろう。その疲れた様子から、彼がずいぶん長いこと紗雪に付き添ってくれていたことがわかる。

「津々良さん、ありがとうございました」

部屋を出ていこうとする津々良に声をかけると、柔らかな表情で見つめ返された。

「あなたの厄介な体質も含めてわかっていて、守ってやろうと思ってそばに置いているんだ。気にしなくていい」

「あの……名前、下の名前で呼んでくれましたか？」

夢の中、光を目指して歩き出したときに聞こえた声は、願望ではなく本当に呼んでくれていたのか――それが気になって、思わず尋ねていた。夢か現実かなんて、他の人にとってはたいしたことではない。でも紗雪は、呼んでくれたのか気になったのだ。

「聞こえていたのか。下の名は、より強く魂と結びついているものだからな。あなたは〝渡瀬〟という名字よりも〝紗雪〟のほうに自分というものを感じるだろう？　だから、あなたの魂をしっかり呼び戻すために下の名で呼んだんだ」

「そう、だったんですね……」

夢ではなかった。だが、期待するような意味ではなかったこともわかって、尋ねたことが恥ずかしくなる。

大事にされていることはわかるのだ。その証拠に、よからぬものに狙われれば、こうして助けに来てくれる。津々良が紗雪を見捨てることは、きっとないだろう。今はそれだけで十分だと思うしかない。

無理やり気持ちを落ち着けて、紗雪は布団から起き出して朝の支度を始めた。

「あの……いいんでしょうか？」

玄関を一歩出て振り返り、紗雪は不安そうに尋ねた。

朝食の席で紗雪は津々良に、「今日は食事の用意のことも日々の仕事のことも考えずに出かけてきなさい」と言われたのだ。おまけに佐田にも連絡済みとのことで、もうすぐやってくる。

「神様に挨拶してすぐとんぼ返りというのも味気ないだろう。どうせだったら、久しぶりの外食でもしてきたらいい。私は出発前の仕事の仕上げをしてしまうから、渡瀬さんは一日早い休暇の始まりということで」

「え？　明日から休暇？　ということは、仕事が片付いたんですか？」

全く知らされていなかったため、紗雪は驚いた。というより、あまりにも毎日何かしらの仕事が舞い込むため、津々良が休暇を取れることすら半分は信じていなかったのだ。

「区切りをつけることにする。毎年そうなんだが、無理やりにでも区切りをつけなければ、休みなんて取れないからな」

「そうですよね……って、今日が出発の前日なら、なおさらお手伝いがいるんじゃないですか？」

自分だけひと足早く休むのが申し訳なくて尋ねるが、津々良は首を振る。

「いいから行っておいで。神様に挨拶をして、旅の無事を祈願するんだ。神のご加護は馬鹿にできないからな」

「……わかりました」

夢のこともあって今の自分に神様との繋がりが必要なことはわかっているから、紗雪は渋々言うことを聞くことにした。それに、出かけるのが嫌なわけではないのだ。

津々良のもとに来てからも相変わらずの社畜精神が抜けきれておらず、上司が休んでいないのに自分だけ休むことに抵抗があっただけだ。だが、そういった考え方からは抜け出さなければならない。そのために、無理やりにでも今日のところは外出しなければ。

「それじゃあ、行ってきますね」

紗雪は津々良に手を振って、家の裏手に回った。

「紗雪さん」

「佐田さん、お待たせしました」

裏手は車を停めるスペースになっていて、そこには軽ワゴン車に乗った佐田がいた。

「すみません。車を出していただくことになって」

「いいのよ。年の功で私のほうが運転に慣れてるんだもの。それじゃ、まず神社に行きましょうか。近いんだけど、坂がきついのよ」

紗雪がシートベルトを締めたのを確認すると、佐田はご機嫌で車を発進させた。

津々良の運転が荒いというわけではないが、佐田の運転は丁寧で、全体的にゆったりとしていた。敷地から道路に出るときも、十字路を進むときも、慎重に左右を確認して止まる。教習所で教わるような満点の安全運転のため、体感としてはなかなか進まなかったが、佐田が言っていたように坂道を登りきるとすぐ、目的の神社は現れた。

「こんなところに、神社があったんですね」

「そうなのよ。坂道を登ろうなんて思わないと、知らない場所よね」

まず初めに目に入る苔《こけ》むした鳥居と狛犬が、長い年月そこにあることを感じさせる神社だった。住宅地によくある小ぢんまりとした神社かと思いきや、鳥居をくぐって境内に入ると、その敷地が意外に広いことがわかる。

「森と一緒になってるみたい……思ってたより大きな神社で、びっくりしました」

石畳の参道を歩いて手水舎《ちょうずや》に向かい、紗雪は佐田に倣って手と口を清めた。神社に来たらまずここに寄るということは知っていたが、正式な作法はわからなかったため、一緒に来てもらって助かった。

「大昔にこの辺一帯にいくつもあった神社を統合して今の形態になっているから、わりと規模は大きいわね。主祭神は須佐之男《すさのお》と櫛名田比売《くしなだひめ》、あと奥のほうに稲荷神社があって、そこには宇迦之御魂神《うかのみたまのかみ》がいるの。他にもいくつか摂社があるのよ」

「そ、そうなんですね……」

おそらく日本人としての基本的な教養なのだろうが、紗雪は佐田が言っていることがわからなくて静かに混乱していた。普通なら、神様の名前を聞けばその神にまつわる逸話やご利益なんかがわかるのだろう。だが、紗雪には全くピンと来ない。これまでこういったものに無関心で生きてきたことを思い知らされる。

「大変恥ずかしいんですが、私、神様のことを全然知らないんだなって思ったら、何だか申し訳なくなってきました」

拝殿が近づいてきて、紗雪は思いきって言った。本当ならここへ来る前に、どんな神様が祀られているのか、どのようなご利益をもたらしてくれるのか調べるのが最低限の礼儀だったのだろう。その礼儀を欠いていることに気がついて、自然と足が止まる。

「若い人なら、そういう人も多いかもしれないわね。でも、ゆっくり覚えていけばいいのよ」

落ち着かない様子の紗雪に、佐田は優しく微笑んだ。これが気難しい大人だったら紗雪の無知を責めたかもしれないが、彼女は決してそのようなことはしない。

「難しく考えなくていいの。むしろ、これまで知らなかったけど、今日お知り合いになって帰るくらいの気持ちでいたらいいんじゃないかしら。さっき言った主祭神の須佐之男は、天照大御神《あまてらすおおみかみ》と月読命《つくよみのみこと》という神様の弟なの。この神様たちの名前は聞いたことあるかしら？」

「はい、あります。天照大御神は伊勢神宮にいらっしゃる方、ですよね？　旅行で行ったことがあって、それで何とか覚えてたんですけど」

「そうそう、伊勢神宮にいる方よ。行ったことがある神社の神様を覚えていくのも、とっかかりがあっていいかもしれないわね」

ようやく自分がかろうじて知っている名前が出てきたことで、紗雪は少しほっとした。何かきっかけさえ摑めれば神様の名前も覚えていける気がしたのだ。

「それでね、さっき須佐之男と一緒に名前を挙げた櫛名田比売っていうのは、須佐之男の妻なの。櫛名田比売はヤマタノオロチっていう八つの頭を持つ怖い蛇《へび》の化け物から助けてもらったことで、須佐之男と結婚するの」

「ご夫婦で祀られているんですか」

「そう。だから、ここは縁結びだとか良縁、家内安全なんかにご利益があるとされているのよ」

「そうなんですね……なるほど」

祀られているのが夫婦の神様だとか、縁結びや良縁にご利益があると聞いて、急に紗雪の興味が湧いた。ぜひともご加護を授けてもらおうと、佐田と並んで拝殿の前に進み出る。

「どこに住む誰なのか名乗って、それからお願いをするといいらしいのよ。誰だかわからなかったら、神様もお願いの聞きようがないものね」

「それと、二礼二拍手一礼……でしたっけ？」

「そうそう。一緒にやってみましょうか」

知識としては知っていても正しくできる自信がなかった紗雪は、横目で佐田の動きを確認しながら頭を下げ、柏手を打ち、また頭を下げた。

縁結びを、良縁をということに意識が向いてしまいそうになったが、津々良に旅の無事をお願いしてきなさいと言われたことを思い出す。確かに恋愛成就より危険な目に遭わないほうが大事だと、名乗ったあとに守ってくださるようしっかりとお願いした。

「熱心にお願いしていたわね。……やっぱり尊さんとのこと？」

目を開けると先にお願いを終えていた佐田にじっと見られていて、笑われてしまった。津々良への気持ちはすっかり知られてしまっているから、紗雪も今さら隠す気はない。

「それは、また今度にします。今日はとりあえず、旅行の安全をお願いしました」

「じゃあ、お守りを買って帰りましょうよ。……こっそり持っておけば、バレやしないから」

茶目っ気たっぷりに笑う佐田に連れられて、授与所に行って紗雪はお守りを授けてもらった。

そのあと、木々に囲まれた境内の中をぐるりと回り、それぞれの摂社にお参りをして鳥居へと続く参道へ戻ってきた。

その頃には紗雪は自分が妙にさっぱりとして、晴れやかな気持ちになっていることに気がついた。心なしか体も軽い。厄介な夢を見てしっかり休息できていなかったことなど、忘れてしまっていた。

「神社って、いいですね」

紗雪がしみじみ言うのを聞いて、佐田も頷いた。

「神様を身近な存在にしておくって、いいでしょ。何というか、頼れるものの存在を認識しているのといないのとでは、世界の見え方が全然違うの」

「違いますすね」

お参りをしてお守りを授けてもらったからかもしれないが、心強さのようなものをしっかりと感じているのに気がついた。そこはかとなく感じていた不安感のようなものは、すっかりなくなっている。

「人間はやっぱり、頼れるものが必要なのよね。それは神様に限らないけど。いざってときに名前を呼べる存在がいるのといないのとでは、踏ん張る力が違うのよ。私なんてこんな大人になっても、困ったことがあったり怖い思いをしたりすれば、『お母さーん』ってつい心の中で呼んじゃうの。でもね、呼ぶと安心できるの」

「お母さん、ですか。私にはそういう存在は……いないわけではないですけど」

紗雪は自分と母親との関係を思い出し、呼んでも安心などしないなと思った。だが、つい名前を呼びたくなる存在として頭に浮かぶ存在がいることにも気がついた。

「私、怖い思いをしたときに、津々良さんのことを考えます。名前を呼んだら、安心します」

真新しい縁結びのお守りをキュッと握りしめて、紗雪は改めて自分の想いに向き合った。津々良への想いは恋でもあるが、それ以上に大きなものも含んでいる。そのことに気がつくと不思議な気分になるが、それと同時に安心感のようなものもあった。

「あらあら。それを本人に伝えたら、きっと喜ぶと思うんだけどね。少なくとも、悪い気はしないはずよ」

紗雪と津々良がくっつくことを望んでいる佐田は、とびきり甘いものでも食べたかのような笑みを浮かべた。そうやって祝福され応援されるのは嫌ではないが、まだくすぐったくて仕方がないし、ほいほいと乗せられるほどの勇気は持てない。

「……今はまだ、いいです。でも、その代わりそばにいて、しっかり役に立てる人間になりたいです」

「なりたいものは恋人でも妻でもなくて、一番信頼される人ってことね。欲張りだけど、素敵な目標だと思う」

佐田に言われ、紗雪は自分の想いにはっきりと気がついた。津々良のことが好きでそばにいたいというのは、つまりそういうことだ。恋や愛だけでは語ることができない彼への想いは、一番信頼される存在にならなければ叶わない。

それを叶えるために、日々もがいているのだ。

「よし！　神様にご挨拶して元気になったので、今から買い物に行きたいです。明日からの準備と、あとは今夜のご馳走も。夜船さんにもお土産がいりますね」

隣に立ちたい人がいること、帰る場所があること。そのささやかな幸せを噛みしめながら、紗雪はひそかに決意を新たにした。

いつかきっと、津々良さんにふさわしい人になる。そのために、今できる小さな努力を積み重ねていこう――と。

あとがき

はじめましての方もお久しぶりの方も、こんにちは。猫屋ちゃきです。

『拝み屋つづら怪奇録』は新型ウイルスによる大変な状況下で発売されたのですが、たくさんの方の応援によって、こうして続刊することができました。ありがとうございます。

最初の巻が出てから時間が経ちましたが、まだもとの日々を取り戻すことができずにいることを、多くの方が苦しく感じていると思います。この作品を読んでいる間は、そういった苦しい思いから少しでも解放されればなと思います。何といっても物語の良いところは、浮世の憂いと少しの間だけでも距離を取ることができることだと思うので。

私は前巻執筆中からずっと某二・五次元ミュージカルを心の支えとしているのですが、せっかくチケットが取れた公演が中止になるといった少し悲しい思いも経験しました。その悲しみを乗り越えて（笑）執筆した『拝み屋つづら怪奇録』の二巻が無事にこうして皆様にお手にとっていただけたことが、本当に嬉しいです。

今作は紗雪の成長のお話でした。人として助手として、少しずつですが成長している紗雪をどうか見守ってください。新キャラの道生も気に入っていただけたら嬉しいです。

企画の立ち上げからお世話になっておりますYさん。丁寧な編集をしてくださったSさん。この本を送り出すまでに関わってくださった関係者の皆様。今作でも素敵な津々良と夜船、紗雪を描いてくださった双葉はづき先生。たくさんのサポートをしてくれた家族。そして何よりも続きを望んでくださった読者の皆様、ありがとうございました。

また皆様に楽しんでいただける作品をお届けできるよう、頑張っていきますので、どこかで見かけましたらお手に取っていただけると嬉しいです。できれば三巻でお会いしたいですね！

二〇二一年二月　猫屋ちゃき　拝

この物語はフィクションです。
実在の人物、団体等とは一切関係がありません。
本書は書き下ろしです。

猫屋ちゃき先生へのファンレターの宛先

〒101-0003　東京都千代田区一ツ橋2-6-3　一ツ橋ビル2F
マイナビ出版　ファン文庫編集部
「猫屋ちゃき先生」係

ファン文庫

拝み屋つづら怪奇録
―異聞拾集篇―

2021年3月20日　初版第1刷発行

著　者　猫屋ちゃき
発行者　滝口直樹
編　集　山田香織（株式会社マイナビ出版）、須川奈津江
発行所　株式会社マイナビ出版
〒101-0003　東京都千代田区一ツ橋2丁目6番3号　一ツ橋ビル2F
TEL 0480-38-6872（注文専用ダイヤル）
TEL 03-3556-2731（販売部）
TEL 03-3556-2735（編集部）
URL https://book.mynavi.jp/

イラスト　双葉はづき
装　幀　釜ヶ谷瑞希＋ベイブリッジ・スタジオ
フォーマット　ベイブリッジ・スタジオ
DTP　富宗治
校　正　株式会社鷗来堂
印刷・製本　中央精版印刷株式会社

ISBN978-4-8399-7508-1
Printed in Japan

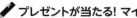

ファン文庫

おちこぼれ退魔師の処方箋

常夜と現世の架橋

著者／田井ノエル
イラスト／春野薫久

契約関係で結ばれた魔者と人間の
優しくも切ない人情物語、待望の第二弾！

鴉の薬屋で暮らすことになった咲楽。常夜での生活も一年が過ぎたころ、咲楽は帰宅途中で男性を襲おうとしている傷を負った旧鼠を見つけて――？